DANIEL ODIJA

AUF OFFENER STRASSE

Roman

Aus dem Polnischen von
Martin Pollack

Paul Zsolnay Verlag

Die Originalausgabe erschien erstmals 2001
unter dem Titel *Ulica* im Verlag Czarne, Wołowiec.

»This publication has been funded by the
Book Institute – the © POLAND Translation Program«

INSTYTUT KSIĄŻKI
©POLAND

1 2 3 4 5 16 15 14 13 12

ISBN 978-3-552-05533-9

Satz: Eva Kaltenbrunner-Dorfinger, Wien
Druck und Bindung: GGP Media GmbH, Pößneck
Printed in Germany

Für Iwona

DIE STRASSE

Die ulica Długa, die Lange Straße, ist gar nicht lang. Sie ist eher kurz, und man weiß nicht, woher ihr Name kommt. Ein paar Gebäude, keines höher als drei Stockwerke, doch dafür zwei Kirchen, na ja, eher Kirchleins, und obendrein seltsame Kirchleins. Das eine orthodox, und das zweite gehört der Pfingstbewegung, und auf einer Anhöhe, nicht weit von der Straße, sieht man eine dritte Kirche, allerdings eine richtige, hoch, aus roten Ziegeln, die jeden anständigen Katholiken einlädt und nicht irgendwelche Abweichler, die ihre Farben ändern so wie das Laub im Herbst.

Man sieht auch einen Friedhof, auf dem die ganze Stadt samt Umgebung liegt. Zu Allerseelen flackern die Toten mit Tausenden Flämmchen, und es hat den Anschein, als zögen sie in Richtung Zentrum. Wenn sie das wirklich wollten, kämen sie natürlich durch die Lange Straße. Sie kämen am baufälligen Gebäude der Spitalswäscherei vorbei, in dem Jugendliche längst alle Scheiben eingeschlagen haben und Obdachlose ein kostenloses Nachtquartier finden. Sie kämen an kleinen Gärten vorbei, die die Häuser voneinander trennen, und machten möglicherweise bei einem von ihnen Halt, weil dort ein stattlicher Birnbaum steht, älter als die ganze Straße, um den sich die Leute seit Bestehen der Straße zanken. Doch davon wissen die Toten nichts. Sie fühlen nicht viel. Daher werden sie auch nicht vom Duft der Krapfen, Eclairs und Indianer aus dem Magazin der Bäckerei Muszelka angelockt. Sie versammeln sich höchstens um den ausgetrockneten Springbrunnen im Park, wo sie mangels Kräften zerfallen, ohne Trauer und Vorwürfe, dass es sie nicht gibt.

Die Długa ist eine jener Straßen, von denen es in der kleinen Stadt viele gibt. Sie hat nichts Besonderes an sich, auch die drei Kirchen und der Friedhof heben sie gegenüber anderen nicht besonders hervor. Sie ist vielleicht ein wenig verwahrloster als die übrigen und vergessener. Vielleicht auch schmutziger und heruntergekommener. Und etwas schäbiger.

In der Długa wohnen Menschen wie in jeder bewohnten Straße. Na ja, vielleicht nicht ganz so, denn Kanada zum Beispiel haust in einer kleinen, aus Brettern zusammengezimmerten Klitsche, einer elenden, nur mit Mühe zusammenhaltenden Konstruktion, die sich irgendwie gegen die Mauer des Hauses Nummer sechs stützt und jeden Moment in sich zusammenzufallen droht. Wäre da nicht diese Mauer und drückte sich diese Klitsche nicht so ins Eck, hätte der Wind schon längst die ganze Welt des ewig verkaterten Kanada davongeblasen. Kanada ist nämlich ständig verkatert, so wie viele andere auch in der Langen Straße. Hier wohnen einige Liebhaber von allem, womit man sich den Schädel zudröhnen kann. Von Zeit zu Zeit begegnet man hier einem herumirrenden Zombie, der so tut, als wisse er, wohin er geht. Und er schaut nicht lächerlich aus, vor allem, wenn er sich vollgekotzt hat oder über eine hervorstehende Platte am Gehsteig stolpert und mit dem Kopf auf den Randstein knallt.

Es gibt hier auch Zigeuner. Nicht in jeder Straße wohnen Zigeuner, das muss gesagt werden, aber in jeder Straße sind sie ungern gesehen. Hier haben sich alle an sie gewöhnt, wie auch sie sich an alle gewöhnt haben. Na ja, vielleicht nicht wirklich alle, die Jugendlichen zum Beispiel sagen, die Zigeuner seien Dreck, Auswurf, ein Elend, doch die Zigeuner haben ihren Stolz und ihre Ehre, wenn die auch etwas anders beschaffen sind als bei den übrigen Leuten um sie herum.

Sie halten eisern zusammen und können gefährlich sein. Andererseits sind sie jedoch zu wenige, die meisten sind nach Deutschland gegangen, und jetzt fürchtet sich keiner mehr davor, einen Zigeuner anzustänkern. Früher hatte man vielleicht Angst gehabt, aber jetzt nicht mehr. Die Jugendlichen schubsen von Zeit zu Zeit einen von ihnen herum, und darauf folgen keine Racheaktionen. Die Zigeuner haben es nicht leicht heutzutage, und mit der Zeit werden wohl alle von hier verschwinden.

Sonst ist es in der Długa wie überall. Dass die Jugendlichen sich von Zeit zu Zeit vollaufen lassen und einen unvorsichtigen Typen, der sich nachts außerhalb seines heimatlichen Reviers herumtreibt, mit Füßen traktieren, ist schließlich nicht ihre Schuld, sondern seine, weil er ungebeten herumstromert, wo er nichts verloren hat. Oder dass sich ein Dachziegel löst und ein paar Meter tiefer direkt neben einem in tausend Stücke zerspringt – das kann schließlich überall vorkommen, und für den heftigen Wind kann der Dachziegel nichts. Oder dass Katzen mit angezündetem Schweif herumlaufen oder es ihnen die Beine auseinanderreißt, weil ihnen jemand Sprengkapseln an die Pfoten gesteckt hat – so was gibt's schließlich überall, und wenigstens haben die Kinder was zu lachen.

Jede Straße hat ihren Dummkopf. In der ulica Długa wohnen jedoch gleich ein paar Dummköpfe. Wir werden noch Gelegenheit haben, über sie zu reden. Es gibt hier auch einige Laternen. Die meisten sind zerschlagen, und wenn es dunkel wird, sieht die Straße aus, als fehlten ihr ein paar Zähne.

Gustaw Chmara war ein harter Bursche. Er verrichtete Auftragsarbeiten. Er flickte Löcher in Rohren und verlegte Fliesen. Wenn er getrunken hatte, paffte er gern Zigaretten. Und er stänkerte auch gern junge Burschen an, und weil er kräftig war, nahm er es gleich mit ein paar von ihnen auf. Einmal allerdings schlugen sie ihm mit einem harten Gegenstand auf den Hinterkopf, und er musste ins Spital. Als er auf die Straße zurückkehrte, versteckten sich die Burschen lange Zeit in den Stiegenhäusern. Schließlich kamen sie wieder hervor und verkündeten lauthals aller Welt, sie hätten keine Angst vor ihm, Chmara jedoch ging ihnen seit damals aus dem Weg. Es war nicht so, dass er ein Weichei geworden wäre, er hielt es einfach für klüger, ein wenig vorsichtiger zu sein. Schließlich hatte er eine Familie zu erhalten.

Er hatte auch Probleme mit seinen Ansichten über die Welt. Wenn er nach oben schaute, sah er den dunklen Himmel. Dann wurde er traurig. Die Sonne nahm er gar nicht wahr, nicht einmal wenn sie herunterbrannte, und wenn sie sengte, suchte er den Schatten auf und schaute in seinen finstersten Winkel, wo wieder Traurigkeit herrschte. Nur die Kinder und seine sanfte Frau vermochten ihn aus dieser Trauer zu reißen, obwohl er sie manchmal anbrüllte und hin und wieder auch kräftige Kopfnüsse austeilte.

Gustaw Chmara gefiel sein eigener Hinterhof nicht. Zwei Schlafzimmerfenster gingen auf einen brutal beschränkten Hof hinaus, wo es außer zerschlagener Schlacke, fest wie Beton, und zerbrochenen Ziegelresten nichts gab. Der Hof wurde begrenzt durch den massiven Block des benachbarten Gebäudes und die morschen Türen von drei Kammern: In der ersten verwahrte Chmara seine Geräte, in der zweiten Pokora seine Tauben und in der dritten Kaczewski sein Eisengerümpel. Außerdem ragten, wo sich die Umzäunung befinden sollte, verbogene Drähte aus betonierten Fundamenten. Wie sollten die Kinder in so einem Chaos spielen?

Nach einigen Tagen des Nachdenkens beschloss Chmara, sich an die Arbeit zu machen. Er wusste schon wie und was. Als erstes entfernte er die Drähte und zimmerte ein paar Tage lang eine hölzerne Umzäunung, niedrig und symmetrisch, wie aus dem Märchen von Rotkäppchen. Als er damit fertig war, ging er daran, den Hof zu besäen. Mit Rechen und Schaufel lockerte er die Schlacke. Einen Teil der Schlacke und der Ziegelbrocken packte er auf eine Schubkarre und karrte das Ganze zu einer Baustelle. Dort schüttete er Sand und Erde dazu. Er kaufte den besten und teuersten Rasen. Die Kinder rannten ständig herum und zertraten den Samen, weshalb er beschloss, den Hof in Etappen zu besäen. Die bepflanzten Stellen zäunte er mittels mit Schnüren verbundenen Stäbchen ein. Einmal fiel sein ältester Sohn in eine dieser Stellen. Der Tochter hätte er das nachgesehen, doch bei ihm meinte er, er müsse ihn umbringen. Aber er hatte auch mit ihm ein Nachsehen. Er versetzte ihm nur ein paar Kopfnüsse, dass seine Hand davon anschwoll.

Bevor der Rasen zu sprießen begann, setzte er entlang dem Zaun und der Wände, auf selbst konstruierten Gerüsten, Ringelblumen, Pelargonien, Malven und purpurrote Pfingstrosen. Das größte Problem bereiteten ihm die Pfingstrosen, weil die teuer waren, viel zu teuer. Zum Glück riss er damals gerade einen Pfusch in Ustka auf. Er machte ein Badezimmer und verflieste einem Politiker das halbe Haus, so konnte er sich auch die Pfingstrosen leisten.

Endlich begann das Gras zu sprießen. Es wuchs im ganzen Hof. Unter den Füßen war alles grün, und in Kopfhöhe lockten die Blumen mit ihren Farben und Düften Insekten an. Gustaw Chmara pflegte alles mit krankhafter Sorgfalt. Er besprengte die Blumen mit einer eigens dafür beschafften Spritzpistole und reicherte das Wasser mit mineralischen Salzen an. Den Rasen stutzte er, ein Lineal in Händen, mit einer Schneiderschere präzis auf fünf Zentimeter Länge.

Die Jugendlichen machten sooolche Augen, die Kinder spielten, die Frau war fröhlich, Gustaw Chmara lud ein paar Nachbarn auf Grillwurst und Bier ein. Es war so viel angenehmer, und alles ergab Sinn.

MORAST

Geht man die Anhöhe hinunter, auf der die Kirche für ordentliche Katholiken steht, bleibt einem die Erde an den Schuhen kleben. Der Gestank verfaulter Pflanzen steigt in die Nase, ähnlich dem Gestank aus der städtischen Bedürfnisanstalt. Hier und da ragen abgebrochene Pflanzenstengel empor. Bäume versperren mit dem schlangenartigen Gewirr ihrer Wurzeln den Weg. Sie spreizen sich über der Fäulnis, als wollten sie mit ihr nichts zu tun haben, dabei ziehen sie die Säfte aus ihr. Einige stürzten jedoch tief in den Schlamm, der sie wie ein alles verdauender Magen einsaugt.

Zum Glück sinkt man nicht tiefer ein als bis zu den Schenkeln, obwohl man auch dann noch Probleme genug hat, sich wieder herauszuwühlen. Das musste vor nicht zu langer Zeit Kaczewski erfahren. Er kam vom Beerensammeln, doch statt Beeren quetschten sich drei Herrenpilze und ein paar Birkenpilze in seinem Plastiksack, und in der Hand hielt er eine Flasche billigen Apfelwein. Die Flasche war fast leer, und Kaczewski beinahe voll. Die Augen waren glasig vor tiefer Rührung, die ihn während des Waldspazierganges übermannt hatte. Er bemerkte gar nicht, dass er schon bis über die Knie eingesunken war. Erst als er sich an einem der verkrümmten Bäume abstützen musste, wurde ihm bewusst, dass er sich mit einem Mal viel schwerer fortbewegte, als das dem Zustand entsprach, in dem er sich befand.

Er schwitzte am ganzen Leib. Mühevoll zog er die Füße aus der klebrigen Masse. Er fand keinen Halt am Baum und stürzte. Die Flasche fiel ihm aus der Hand, der Plastiksack tunkte in die stinkende Brühe. Angewidert warf er ihn weg. Langsam krabbelte er aus dem Schlamm. Er hatte keine Kraft mehr, um die Beine zu heben, und warf sich mit dem ganzen Körper nach vorn. Mit seinem Körper teilte er eine große Pfütze, in der er ein verzerrtes Gesicht mit am Kopf klebenden Haaren erblickte. Er erkannte es nicht. Er erschrak, weil er meinte, jemand blicke ihn von unten her an. Ein verunstaltetes Selbstporträt, das sein Herz rasen ließ. Der Abend verdichtete sich zur Nacht. Frösche streiften an seine Haut, blutgierige Gelsen stachen.

Am Ende ließ Kaczewski den Morast hinter sich. Er fiel mit dem Gesicht voran in die Wiese. Er drückte die Erdschollen an sich und schluchzte. Er war erschöpft und erschrocken. Kurz zuvor hatte er das Urteil gesehen, das über seinen Körper gesprochen worden war. An seine Seele wagte er erst gar nicht zu denken.

In der Nacht kam keiner hierher. Wenn überhaupt, spielten die Kinder hier höchstens am Tag, und auch das nur an den Rändern. Sie hatten Angst vor dem Froschkönig, der sein Opfer verschlang und dann ein halbes Jahr lang oder noch länger verdaute. Und sie hatten auch Angst vor Sobaka, dem Hund, der angeblich seine Schnauze aus der Schlinge gezogen hatte und jetzt herumstreunte, auf der Suche nach

Rache. Sie fürchteten sich dermaßen, dass die Pokorowa ihren Mann, Pokora, zwang, den Baum zu suchen, an dem er Sobaka aufgeknüpft hatte. Es war nur mehr ein verdorrtes Aas übrig, die nicht von Vögeln und Würmern gefressenen Reste. Pokora schnitt die Schnur ab, warf den Gehenkten in einen Sack und zeigte ihn, um dem erzieherischen Anspruch der Pokorowa Genüge zu tun, den Kindern. Alle warfen, der Reihe nach, einen Blick in den Sack. Seit damals fürchteten sie sich vor der Leiche Sobakas.

Die städtischen Behörden sollten das Terrain unter der Anhöhe trocken legen, doch dafür fehlte das Geld. Der Schlamm vergiftete weiterhin die Luft mit seiner Fäulnis. Und an eben diesen Ort brachten die diversen Cebulas ihre Kunden. Sie kannten hier festere und nicht ganz so feuchte Stellen, auf denen sie ihre liederlichen Körper hinbreiteten, und die Anmut ihrer Haut hob sich durch das Pulsieren des Blutes gegen die alte Haut des Bodens ab. Der Kontrast unterstrich ihre Reize. Das wussten sie sehr wohl, wenn die Energie der Männchen stoßweise im Schlamm verströmte.

Die Liebe, beschränkt auf eine Technik, in der man vor allem ein lukratives Geschäft sieht, brachte zweifelhafte Früchte hervor. Vielleicht gab es deshalb in den nächsten Jahren so viele Stechmücken. Seit Menschengedenken hatten sie nie so gestochen. Die Unzahl der fliegenden Quälgeister verwandelte die Luft in eine schmutzige Wolke, die noch dazu von unten zu faulen begann. Die Haut juckte schmerzhaft, so dass man das fast kein Jucken mehr nennen konnte. Manchmal bildeten sich auf den Hintern der auf und ab wippenden Kunden große Blasen, gefüllt mit dem Gift der Stechmücken. Doch darum kümmerten sie sich nicht allzu sehr. Wie sollten sie sich auch mit solchen Kleinigkeiten befassen, wenn die Welt, zumindest für einen Moment, zu einer sinnlosen Explosion wurde, nach der ihnen nichts übrig blieb, als sich schlafen zu legen und seitlich auszuspucken. Den Hosenschlitz zuzumachen und sich in einen anderen Morast zu begeben, der vielleicht etwas weniger anspruchsvoll war als dieser hier.

DER BIRNBAUM

In einem der Höfe wuchs ein Birnbaum. Er hatte keinen Besitzer und trug schöne, gesunde Früchte. Alle waren gierig danach. Die Cegielska, die Chajkowska und auch die Brylska. Kaum zeigten sich die ersten Ansätze von Birnen, begannen sich die Frauen schon zu zanken, wem die Früchte gehören sollten. Jede untermauerte ihren Anspruch. Die Cegielska meinte, ihre Sprösslinge benötigten Vitamine. Die Chajkowska sagte, ihr Mann sei arbeitsunfähig, die Brylska wieder jammerte, wenn der Mann der Chajkowska zum Augenarzt ginge, würde er schon eine Arbeit finden, ihr Mann hingegen arbeite schwer und müsse sich gesund ernähren. Darauf die Cegielska, der Mann der Brylska arbeite nicht nur, sondern schleppe obendrein noch andere Weiber in die Büsche, und die Brylska zur Cegielska, der Cegielski bumse die alte Cebulowa, worauf die Chajkowska einwandte, sie habe die meisten Kinder, deshalb sollten alle Birnen ihr gehören. Darauf brach die Brylska in Lachen aus, wie könne sich die Chajkowska nur entblöden, so unverschämtes Zeug daherzureden ...

Sie zankten sich tagelang, bis die Männer genug davon hatten. Einmal versuchte sich Brylski sogar als Vermittler und machte den Vorschlag, die Birnen gleichmäßig aufzuteilen, darauf nannten die Cegielska und die Chajkowska ihn einen alten Weiberer, worauf er der Chajkowska vorwarf, wenn er so schielte wie sie, würde er sich nur mehr mit einer Augenbinde unter die Leute wagen. Mit seiner subtilen Diplomatie erreichte er bloß, dass die Frauen einander noch mehr hassten als zuvor.

Die Säfte strömten, den Naturgesetzen entsprechend, durch die Früchte. Sie belebten das Fruchtfleisch und tropften aus den Kernen. Das Leben wuchs, und alle wollten es verschlingen.

Die Straße beobachtete das Gezänk mit mäßigem Interesse. Die Kinder warteten den Moment ab, wenn die Frauen den Fenstern den Rücken zuwandten. Das geschah für gewöhnlich gegen Abend. Es wurde dunkel, und es gab nichts mehr zu sehen. Dann belagerten die Kinder den Birnbaum. Die harten, herben Früchte waren nicht besonders schmackhaft, und manchmal bekamen die Kinder davon Bauchschmerzen, aber man musste sie essen, weil sie immer eines Nachts verschwanden, bevor sie noch herangereift waren.

In diesem Sommer waren die Frauen besonders wachsam und einander feindselig. Die Chajkowska prügelte sich sogar mit der Cegielska beim Wäscheaufhängen, und das war dem Cegielski zu viel.

Er stand langsam vom Bett auf und zog die Schuhe an. Sein Kopf rauchte noch vom gestrigen Spiritus, den er mit Kanada gekippt hatte. Er zündete sich eine Radom an, in seinem Kopf drehte sich alles. Er ging an den zankenden Frauen vorbei. Er reagierte nicht einmal auf den Ruf seiner Frau, er möge ihr zu Hilfe kommen. Er hatte sie gründlich satt. Nach ein paar Schritten traf er auf Chmara, den er um eine Axt bat. Chmara stellte keine Fragen. Ehe die Frauen sich völlig verausgabt hatten, krempelte sich Cegielski die Ärmel auf. Die vertrockneten Muskeln der Unterarme und die Bizeps zitterten, wie vor Kälte. Cegielski schnaufte heftig und schlug die Axt in den Baum. Die Frauen verstummten. Die Brylska kam aus dem Haus gelaufen, und alle drei standen nebeneinander. Zum ersten Mal seit langem und scheinbar in stummer Übereinstimmung. Es dauerte einige Zeit, bis Cegielski sein Werk vollendet hatte. Keine wagte es, ihn zu unterbrechen. Sie hatten Angst, denn sein Gesicht war schrecklich. Schweißüberströmt. Der Baum stürzte krachend mitten in den Hof.

Cegielski schlug mit Mühe die Axt in den unregelmäßig abgehackten Strunk und zog langsam ein Paket Zigaretten aus der hinteren Hosentasche. Sie waren vom Schweiß durchtränkt. Sie zerfielen in seinen Händen, doch Cegielski war zu erschöpft, um sich aufzuregen, daher stieß er nur zwischen den Zähnen hervor: »Und jetzt fresst eure Birnchen, ihr Huren, so viel der Arsch halten kann«, und er bückte sich nach einer Frucht.

KANADA

Man nannte ihn so, weil er einmal mit einem Stipendium in Amerika gewesen war. Er fuhr als talentierter Student der Sozialwissenschaften hinüber, aber er hatte wohl irgendwelche Verbindungen, so dass man ihn in den Westen ließ. Er kehrte zurück, vielleicht weil er musste und seine Pläne nicht aufgegangen waren, falls er überhaupt welche gehabt hatte, auf jeden Fall begann er zu trinken.

Manchmal brüstete er sich vor den Kindern, er habe schon alles getrunken, von der Flüssigkeit zur Kloreinigung über Parfums, Shampoos und Brennspiritus bis zu Benzin. Den Brennspiritus ließ er oft durch ein Stück Brot tropfen, weil das den Konsum bekömmlicher machte. Er sagte, es sei ihm nur nicht gelungen, Teer und Klebemasse zu trinken, die seien zu dickflüssig.

In all den Jahren war er krumm geworden, seine Haare weiß, der Körper vertrocknet. Nach der Rückkehr aus Amerika verdiente er sich das Geld fürs Trinken, indem er Briefe aus dem Englischen übersetzte, irgendwelche amtlichen Schreiben. Als noch die Geheimpolizei regierte, kamen Bosse in hohen Lederstiefeln und Lederjacken zu ihm. Manchmal kam ein schwarzer Wagen der Marke Wolga. So einen gab es nur einmal in der Stadt, und jeder wusste, dass er dem Parteisekretär gehörte, der zu Kanada kam, weil der die Sprache des Feindes beherrschte, und da er von keinem abhängig war, konnte man ihm vertrauen.

In dem kleinen Zimmer, in dem es nach den Ausdünstungen zerstörter Körper roch, konnten viele das von Kanada vorgegebene Tempo nicht mithalten. Entweder behagte ihnen die Atmosphäre nicht, oder das Budget des Wirtes war zu klein, jedenfalls verflüchtigten sich die Burschen und Mädchen mit der Zeit in andere Lokalitäten. Schließlich kam nur mehr die alte Cebulowa mit Cegielski zu ihm. Sie betranken sich mit Fusel, dann riß sich die Cebulowa die dicken Fetzen vom Leib, kletterte auf den wackligen Tisch und röhrte gegen den Himmel, in der Meinung, sie singe. Dann schlug sie die Hände vors Gesicht und brach in Tränen aus. Cegielski beruhigte sie, und Kanada schaute zu, wie sie nach einer Weile zu stöhnen begannen und versuchten, ein Feuer in ihren Körpern zu entfachen. Für gewöhnlich lag sie wie ein Brett unter ihm, und das sah nicht schön aus.

Cegielski hatte eine Frau und drei Kinder, und hinter der Cebulowa war ständig Pattex her, der Cegielski eines Tages aus Eifersucht seine alte Bude ansteckte. Es war schon spät, und am anderen Ende der Długa wurde es heller. Cegielskis Frau stand mit den Kindern da und hatte nicht einmal mehr die Kraft, um zu weinen. Cegielski war gerade auf dem Arsch der Cebulowa eingedöst, die mit dem Kopf zwischen Kanadas Beinen schlief. Nach dieser Nacht trafen sie sich nicht mehr bei ihm. Kanada blieb allein. Dafür redete er jetzt mehr als vorher.

Er lernte die Einsamkeit schätzen, die genügend interessante Begegnungen bot. Gewissensbisse hatte er keine, weil er keine Zeit hatte, sie sich bewusst zu machen. Er musste sich mit den Freunden seines Kopfes unterhalten. Seine Bedürfnisse beschränkte er aufs Trinken. Es gab Tage, an denen er mehr sah, als er ertragen konnte. Dann begann er wie ein Hund zu heulen. Es kam vor, dass er es brennen sah. Einmal lief er zur Kaczewska. Er rief, das Haus brenne. Sie schlug ihm ins Gesicht und sagte, er solle abhauen und ihr nicht vor der Nase herumstinken.

Er ging nur mehr aus, um Alkohol zu besorgen, obwohl ihn manchmal etwas zum Fluss zog. Er konnte stundenlang am Ufer sitzen und ins träg dahinfließende Wasser starren, auf die darauf schwimmenden Stückchen und das Tanzen der Wasserpflanzen im Rhythmus, den ihnen der Strom vorgab. Der getrunkene Alkohol verwischte das Bild, und Kanada beugte sich gefährlich weit übers Wasser. Er nickte ein und fühlte sich wohl. In hockender Stellung schwankte er auf den Fersen und wäre beinahe ins Wasser gefallen, als er zu sich kam. Ohne zu wissen, ob er träumte oder wachte, nahm er einen Schluck aus der Flasche. Zu einem ruhigen Klumpen zusammengekauert, hockte er da wie ein Abdruck in der Landschaft, bis seine Beine taub wurden. Dann schlief er entweder am Ufer ein oder ging nach Hause.

Er konnte die Anziehung, die der Fluss auf ihn ausübte, nicht erklären. Er hatte den Eindruck, sein Leben stehe still. Die Fiebervisionen, die er nicht von der Wirklichkeit zu unterscheiden vermochte, waren die einzige ihm zugängliche

Wirklichkeit, manchmal schrecklich, manchmal leer und gleichgültig. Er beklagte sich bei den Freunden seines Kopfes, dass er leide. Sie hatten kein Mitleid mit ihm, weil er selber kein Mitleid mit sich hatte. Er wurde immer gleichgültiger. Der Mangel an allem fraß ihn auf. Er litt nicht einmal mehr. Nur mehr der Aufenthalt am Fluß war imstande, ihn in einen Schlafzustand zu versetzen, der nicht zum bösen Alptraum der Gefühllosigkeit wurde. Als er daher einschlief und in dem Moment aufschreckte, als ihm ein Stein den Schädel zertrümmerte und jemandes Hände ihn in den Fluß stießen, empfand er es als Erleichterung, dass er das Wasser schluckte. Er war dem Schicksal mörderisch dankbar, dass es ihn ausgerechnet auf diese Weise ums Leben brachte.

DIE SUPPE

»Was ist, Władzio, hast du heut was gefunden?« Antoniuk bohrte in der Nase. Er stand mit Cupiał beim Eingang zum Stiegenhaus, wo Kaczewski wohnte. Als hätten sie gewartet auf ihn.

»Es gab ein wenig von diesem Eisenzeug heute«, Kaczewski blieb neben ihnen stehen. Im zweirädrigen Wagen, auf dem er das Alteisen führte, lag ein durchsichtiger Plastiksack mit zwei Weinflaschen.

»Ich hab sogar einen alten Boiler und einen Gasherd gefunden. Jetzt kann ich mir ein bisschen was leisten«, zwinkerte er Antoniuk verständnisvoll zu.

»Władzio, du hast ein gutes Herz«, dankte Antoniuk, als Kaczewski den Plastikkorken ausspuckte und ihm die offene Flasche reichte.

»Freunde rettet man in Notzeiten, ist's nicht so, Zenuś?«

»Ich danke«, lehnte Cupiał ab, »ihr wisst doch, dass ich nicht trinke.«

»Auf was wartest du dann hier?« fragte Kaczewski verständnislos.

»Einfach so. Manchmal muss man seine Knochen strecken. Man kann nicht das ganze Leben lang am Fenster oder vor dem Fernseher hocken, nicht wahr?«

»Da hast du recht«, räumte Antoniuk ein. »Manchmal lohnt es sich sogar, ein Buch zu lesen.«

»Ich kann mich gar nicht erinnern, wann ich zuletzt was etwas gelesen hab«, seufzte Kaczewski und runzelte die Stirn.

»Ich auch nicht. Vielleicht in der Volksschule?« überlegte Cupiał.

»Ich kann mich auch nicht mehr recht erinnern, aber Globus liest in letzter Zeit was, und das scheint ihm gut zu tun.«

»Ihm macht's wohl Vergnügen mit der eigenen Hand, ha, ha«, kicherte Cupiał boshaft.

»He, Alter, nach Haus!« hörten sie eine Stimme von oben. Das war die Kaczewska, die ihren Mann rief.

»Ist schon recht. Ich komm gleich«, knurrte Kaczewski zurück.

»Aber flott, sonst wird das Mittagessen kalt.« Sie schlug krachend das Fenster zu.

»Scheint verärgert zu sein, deine Alte«, brummte Antoniuk.

»Sie regt sich auf, weil sie sieht, dass ich mit euch trinke und nicht mir ihr.«

»Aber immerhin hat sie ein Mittagessen gekocht«, seufzte Cupiał.

»Woher denn, das sagt sie immer so. Es ist schon einen Monat her, dass sie uns das Gas abgedreht haben. Ich bin finanziell nicht so gut beisammen.«

»Aber für eine Orangeade reicht's immer noch, nicht wahr, ha, ha«, kicherte Cupiał boshaft.

»Hast du was gegen meinen Freund?« fuhr Antoniuk ihn an.

»Was hast du denn, Zenuś, ich hab doch bloß einen Spaß gemacht.«

»Mach deine Späße mit dir selber. Du trinkst nicht mit uns, da geht dich das gar nichts an.«

»Ist schon recht, beruhig dich. Ich hab auch so einiges mitgemacht.«

»Spiel dich bloß nicht auf.«

»Ist schon recht«, wie üblich versuchte Kaczewski die Situation zu entschärfen. »Beruhig dich, Zenuś«, er packte Antoniuk am Arm und musste sich dabei fast auf die Zehen stellen. »Und du, Wicio, erzähl uns lieber was von dieser Leiche«, wandte er sich an Cupiał.

»Was gibt's da zu sagen«, krächzte Cupiał. Er liebte es, von der Leiche zu erzählen. »Er lag ausgestreckt da. Der Kopf war über und über voll Blut, als hätte man ihn auf Kutteln geschnitten, und aus dem Ohr kamen rote Blasen.«

»Die hat ihn ordentlich zugerichtet«, sagte Kaczewski.

»Das eigene Schwesterchen«, meinte Antoniuk und nahm einen Schluck Wein. »Die Weiber muss man hart anpacken, sonst ...«

»Alter, komm rauf!« unterbrach ihn eine laute Stimme von oben.

»Ist schon gut, schon gut«, Kaczewski duckte sich wie unter einem Schlag.

»Wie lange soll ich noch warten mit der Suppe, Hurerei elende?«

»Sie lügt, von wegen Suppe«, Kaczewski blinzelte Antoniuk und Cupiał verschwörerisch zu.

»Lass dich nur nicht unterkriegen«, flüsterte Antoniuk ihm beim Abgang zu.

»Was habt ihr da zu flüstern?« brüllte die Kaczewska.

»Gar nichts, Frau Kaczewska, gar nichts«, beeilte sich Antoniuk zu versichern. Cupiał kicherte leise. Kaczewski rannte schon die Stiege hinauf. Er war schwächer als seine Frau und sah darin eine große Ungerechtigkeit.

DIE CEBULAS

Die Cebulas hatten Glück. Sie wählten aus, was sie wollten. Keiner verkaufte sie in ausländische Bordelle, keiner schickte sie auf den Strich, sie waren mit der Gabe auf die Welt gekommen, den Arsch hinzuhalten, und sie fühlten sich wohl dabei. Wenn sie wollten, bezahlte man ihnen etwas, entweder in Geld oder in Haushaltsgeräten. Einmal bekam die Älteste ein Bügeleisen der Marke Philips für eine anständige Nummer mit einem Jungen, der nach Berlin auf Diebszüge ging. Die Mittlere bekam einen Videorecorder, und die Jüngste nicht viel, weil sie noch in die Volksschule ging und es umsonst machte, und wenn die Älteren bekamen, was sie wollten, dann gaben sie ihr nicht zu viel. Die Junge musste noch lernen. Aber sie machte Fortschritte.

Die Cebulas liebten ihr Gewerbe. Selbst wenn sie sich gefühlsmäßig nicht engagieren konnten, half ihnen die perfekte Beherrschung technisch schwieriger Positionen, sich selber Freude zu verschaffen, und sei es mit einem stinkenden Säufer. Im Übrigen waren sie nicht für Gefühle zuständig, sondern bloß fürs Ficken, wie Żaba zu sagen pflegte, der zwar gesellschaftlich den Aufstieg geschafft hatte und sich die teuersten Frauen in der Stadt hätte leisten können, aber dennoch immer wieder zum bekannten Schoß zurückkehrte. Ein schon reichlich abgenützter Schoß, aber seiner Gemeinde treu.

Die Zeit flog dahin, die Zahl der Kunden nahm zu, die alte Cebulowa rollte die Banknoten zusammen und verwahrte sie im Radioapparat, doch eines Tages kam heraus, dass die älteste der Schwestern schwanger war. Ihr Bauch schwoll an, und auf die Frage der Mutter, weshalb sie es nicht ausgekratzt habe, erklärte sie dümmlich, sie habe es gar nicht bemerkt. Die Mutter wedelte, wie es typisch für sie war, bloß mit der Hand, keifte ein wenig, weinte, doch das ging bald vorbei, und die Älteste sagte der Mittleren heimlich, sie wollte es gar nicht auskratzen, weil sie fühlte, dass das eine schwere Sünde sei und sie danach nie mehr in den Spiegel oder jemandem auf der Straße in die Augen blicken könne. Kann man nichts machen, sagt man. Es ist geschehen, weil es offenbar geschehen musste, dachte die Mittlere und küsste die Schwester auf den Mund, noch und noch einmal. Und noch.

Nach der Geburt ließ die Älteste lange keinen mehr drüber, aber es hätte sie ohnehin keiner haben wollen. Sie sah nicht gut aus. Zu aufgedunsen und elend, und angeblich war auch der Schoß ziemlich massakriert. Einmal wollte ein Bursche sehen, wie es bei ihr dort unten ausschaute, doch sie wollte es nicht zeigen. Eine schamhafte Heuchlerin haben wir da, schrie er, doch die Schwestern nannten ihn einen Rüpel, und er solle sich davonmachen, weil sie ihm sonst andere auf den Hals hetzen würden. »Was, etwa meine eigenen Kumpel, ihr Hurenpack?!« wollte er sich widersetzen. »Genau, deine eigenen Kumpel«, riefen sie wie aus einem Mund. Und er wusste, dass sie ihm überlegen waren, denn es war eine Tatsache, dass die Cebulas auf der Straße unantastbar waren. Man könnte beinahe sagen, sie waren geschützt wie irgendein unersetzlicher Schatz, und viele schauten auf sie.

Alle wussten, dass die Cebulas es nicht so dick hatten. Daher änderte sich der Tarif. Wenn jetzt einer zu den jüngeren Schwestern kam, musste er, außer mit Wodka, der sich von selber verstand, auch noch mit einem Geldschein oder Puder für die Nase, Kleidungsstücken, Schokolade, Milchpulver und anderen Kleinigkeiten für Kinder bezahlen. Zwei Schwestern arbeiteten für drei, und so lief das Geschäft einigermaßen, obwohl sie nichts zur Seite legen konnten. Doch wenig später kam die Mittlere mit einem Bauch daher. Nun kümmerte sich die Älteste an ihrer Statt um die Kunden, nur die Jüngste blieb bei ihrer Linie und machte es weiterhin ohne Bezahlung. Obwohl schließlich auch sie einen Bauch bekam, und dann noch einmal die Älteste und wieder die Mittlere. Doch jetzt regten sie sich nicht mehr auf. Sie wussten, dass sie auf die jungen Burschen und die anderen zählen konnten. Die Stammkunden kümmerten sich um sie, manche sorgten sogar auf Kosten der eigenen Familie für die Cebulas und ihre Kinder. Denn die Kinder gehörten der Straße, und nicht einmal die Cebulas selber wussten, wer ihr Vater war. Daher fühlte sich jeder ein wenig als solcher.

Was die Männer angeht, so hatten fast alle die Cebulas gern, manche waren vielleicht sogar verliebt in sie. Zum Beispiel Pattex, der sich aus unerfindlichen Gründen die Älteste ausgesucht hatte, die schon ein wenig vertrocknet war, obwohl immer noch mit den Anzeichen einstiger Reize. Er streifte um ihr Haus und um die Bude Kanadas herum und heulte beinahe seine Liebesserenaden zum Mond, sie aber achtete nicht auf den Schmerz des ewig verkühlten Geliebten. Am Ende dachte sich allerdings Pattex einen Weg aus, wie er sie erobern könnte. Er begann sie in Traumbildern zu sehen, hervorgerufen durch die Dünste des Klebers, und wenn er alle Traumbilder zu einer Gestalt vereinte, sah er die Cebulowa so deutlich vor sich, dass er tatsächlich an ihre Existenz glaubte. Er hatte sie direkt neben sich. Sie sah ihm tief in die Augen, erstaunt und mitleidig, als wüsste sie seine Hingabe und Treue zu schätzen. In solchen Momenten wurde die Cebulowa jünger, und ihre blonden Haare streiften über seine Stirn, und der Geruch von Heidelbeerwein benebelte ihn. Nun besaß er, was er sich ersehnt hatte: Verständnis. Er hörte auf, hinter ihr her zu laufen, was sie nicht einmal bemerkte, weil sie mit ihren Familienangelegenheiten und ihrer Liebschaft mit Cegielski ausgefüllt war. Pattex hingegen wusste, wenn er die Dünste des Klebstoffs nur tief genug einatmete und sich richtig konzentrierte, erwartete ihn eine Cebulowa, realer als die reale.

Von den Frauen konnte keine die Cebulas leiden, einige hassten sie sogar. Zum Beispiel die Chajkowska. Sie schielte aus ihrem Fenster auf die Straße, egal ob an einem Feiertag oder Werktag. Die Kinder brüllten hinter ihrem Rücken, sie aber rauchte ihre Sobieski und schaute, wie die Huren mit ihren Ärschen wackelten und die Hälse reckten, und wie sie Augen machten und ihre Zähne an der Luft trockneten, und sie sollten jeden haben, nur nicht ihren Alten, denn ihrem Alten würde sie nicht einmal erlauben, ein Auge zu riskieren, aber was war der schon für ein Mann, der verspürte ohnehin keine Lust. Chajkowski hingegen sperrte sich, ohne von den Gedanken seiner Frau etwas zu ahnen, im Badezimmer ein. Er ließ die Hosen herunter, setzte sich hin und holte unter dem Pullover ein zerknülltes Exemplar von »Vamp« hervor. Wenn er die farbige Zeitschrift aufschlug und die ersten Stellungen betrachtete, dachte er an die Mittlere der Cebulas, an ihre Beine und ihre Schenkel, und was er mit ihr anstellen würde und wie. Es erregte ihn, denn er hatte eine lebhafte und geübte Phantasie. Und er musste sich eine Mocne anzünden, und ohne seine um die mittlere Cebula und die Zeitungslektüre kreisenden Träume zu unterbrechen, machte er einen tiefen Zug aus der Zigarette. Da wurde ihm leichter.

Und die Cebulas gaben sich weiter hin – sich selber den Männchen, und der Welt gaben sie ihre Kinder. Sie glaubten an das wirtschaftliche Denken ihrer Mutter und an ihre Körper. Wenn sie im Bett oder in der Wiese lagen, bildeten sie schön geformte Tropfen, die man am liebsten aufgeleckt hätte und von denen man nicht genug kriegen konnte. Sie verstanden diese Begierde, die sie mit viel Engagement und Hingabe zu befriedigen suchten, und sie wussten, dass diese Begierde ungeachtet all ihrer Bemühungen ständig fortdauern würde, und selbst wenn es sie nicht mehr geben würde, wenn ihre glatte Haut und die Augen vertrocknen und unter der Erde mit Flüssigkeiten aus den toten Eingeweiden unterlaufen würden, würde diese Begierde bestehen bleiben. Daher schufteten sie sich ab.

KANADAS TRAUM

Wenn er diesen Traum hatte, war er glücklich. Und das passierte ihm ein paar Mal. Er schwamm unter Wasser. Blasen ausgeatmeten Wassers glucksten in seinen Ohren. Die ganze Welt war überflutet: Die Hochhäuser von Toronto und New York und die Geschäftsviertel voll leuchtender Schaufenster, deren bunte Lichter sich über die wogenden Meeresalgen und -gräser breiteten, bewegten sich über den Grund. Kanada sah die kleinen Häuser der Slums und die Viertel der Reichen, aber auch Weiden, auf denen Kühe grasten. Die Leute grüßten ihn in einer internationalen Sprache, und jeder bewegte geschickt Arme und Beine. Keiner hatte es eilig, weil es nicht nötig war. Es herrschte Stille, da war nur das Rauschen des Wassers und der Wellen.

Doch Kanada hatte noch einen anderen Traum, der sich wiederholte. In diesem Traum litt er schrecklich. Es begann mit einem brennenden Streichholz. Dann brach Feuer aus, das ihm den Kopf verbrannte. Es war die Hölle. Seine Haare verbrannten, die Augen, der ganze Körper platzten. Nirgends war Wasser. Er musste restlos verbrennen, es sei denn, er erwachte vorher. Aber auch dann meinte er, alles um ihn herum stehe in Flammen, und das Feuer verzehre ihn immer noch. Er lief aus dem Haus, und jedes Mal war das Sterben noch schmerzhafter.

POKORA

»Liebe Herrschaften, natürlich bin ich einverstanden, die Nachbarin hat ganz Recht, ich muss euch umhängen. Die Macht einer Einzigen gegen einen Schwachen, doch was sein muss, muss sein, und man darf sich einer Elementarkraft nicht entgegenstellen. Die Damen regieren die Welt, und die Herren glauben bloß, dass die Welt ihnen gehört. Sorry, dass ich zu dieser brutalen Operation gegen Gentlemen schreite, how can I, aber ...«

»Mach schon, Kanada, häng deine dreckigen Lumpen ab!« trieb ihn die Kaczewska zur Eile an.

»Selbstverständlich, gnädigste Nachbarin, aber ich kann doch mit meinen Gästen nicht so unhöflich verfahren«, ersuchte Kanada sie um Verständnis.

»Der Schnaps hat dir die Birne wässrig gemacht«, brummte die Kaczewska, während sie mit einem feuchten Lappen über die Schnur wischte, von der Kanada seine Lumpen abgenommen hatte.

»Oma, Oma, Kanada unterhält sich mit seinen Hosen«, rief die kleine Helenka, hinter einer Schar Kinder herlaufend, die diese Nachricht durch die ganze Straße verkündeten.

Als die Kaczewska die Hemden ihres Mannes aufhängte, die um nichts besser waren als Kanadas Hosen, lief Helenka zur Stiege Nummer sechs. Mit hurtigen Trippelschritten bewältigte sie die Treppe und öffnete, auf den Zehen stehend, die Tür. Sie stand in der Küche. Sobaka, der geliebte Rottweiler des Großvaters, versperrte ihr den Weg. Helenka wollte ihm einen Klaps auf die Schnauze geben, doch Sobaka fletschte die Zähne. Das war noch nie vorgekommen. Der Hund liebte Helenka.

Pokora betrat die Küche im selben Moment, als Sobaka sich auf Helenka stürzte. Pokora hatte in seinem Leben vieles getan, doch so rasch hatte er noch nie reagiert. Er stürzte sich auf den Hund, ehe der Helenka an der Gurgel packen konnte. Als er auf ihm lag und ihn mit seinem ganzen Gewicht auf den Boden drückte, spürte er, wie gut es war, dass Sobaka noch jung war, und er spürte, dass er Sobaka töten musste. Der Hund wand sich unter ihm hervor wie eine Feder. Doch Pokora spürte auch seine eigenen Kräfte. Der Hund wurde schwächer. Pokora hob ihn vom Boden hoch. Glücklicherweise lag ein Hackmesser in Reichweite. Mit einer Hand drückte er Sobaka gegen die Wand und mit der anderen packte er das Hackmesser. Es floss Blut. Viele Tage lang kam Helenka ihrem Großvater nicht mehr nahe.

*

»Wo bringst du den Hund hin, Pokora?« fragte Globus, der wie gewöhnlich aus dem Fenster schaute.

»Die Macht des Bösen gegen einen Einzelnen«, knurrte Pokora und schob den Schubkarren, auf dem der blutende Sobaka lag, kräftiger an.

»Du hättest den Köter wenigstens mit einem Stück Karton zudecken können«, mischte sich Chmara ein. Er kam gerade von einem Pfusch zurück und war angenehm beduselt.

»Die Macht des Bösen gegen einen Einzelnen«, wiederholte Pokora starrsinnig. Es wurde ihm immer schwerer ums Herz.

Er kam zum Morast. Dort würde das Rad der Schubkarre zu tief in den Schlamm einsinken. Mit Mühe hob er den leblosen Körper hoch. Etwas gluckste in der Speiseröhre des Hundes. Pokora warf Sobaka eine Schlinge um den Hals und schleifte ihn hinter sich her. Er erreichte die Mitte des Morasts, der braune Körper röchelte am Ende des Strickes. Er fand einen geeigneten Baum. Er warf ein Ende des Strickes über einen Ast. Als Pokora den Hund hochzog, winselte der noch leise. Doch das dauerte nicht lange.

Dann kamen die Fliegen.

DRECK

Er rauchte eine Zigarette und dachte daran, wie er sie berührt hatte. An ihr Weinen, ihre Bitten, sein Zittern. Er hatte kein leichtes Leben. Im Gefängnis bekamen solche wie er eine ordentliche Abreibung. Doch jetzt war er in Freiheit und hatte sie gefunden. Er hatte Glück, doch er wusste nicht, wie gewöhnlich wusste er nicht – das würde er nie lernen –, dass seine Schwester ihn in ein paar Tagen mit einem Küchenmesser umbringen würde.

Ohne einen Verdacht zu hegen, wird er, wie sie das häufig tun, mit seiner Schwester billigen Wein trinken. Die Mutter wird in ihrem Wagen sitzen und stumpf gegen die Wand starren. Während die Mutter in die Hosen macht, werden Kollegen der Schwester mit Nachschub kommen. Er wird schon schwer benebelt vom Alkohol sein. Schließlich wird er einschlafen. Er wird sich mit offenem Hosenschlitz auf dem Sofa wälzen. Die Schwester wird sich an etwas erinnern. Sie wird es den Freunden sagen. Einer von ihnen wird stotternd sagen, er hasse Kinderficker.

Am Anfang werden sie ihm ein paar Mal den Sessel über den Kopf schlagen. Der Sessel wird entzweibrechen. Jeder wird sich eine Zigarette anzünden, und von Zeit zu Zeit werden sie die an seinem Körper ausdrücken. Die Mutter wird in ihrer Pisse dasitzen. Die Schwester wird ihm ins Gesicht spucken und etwas schreien. Dass dieses und jenes ... Keiner wird sie verstehen. Der Größere wird die halbe Flasche austrinken. Der Kleinere etwas weniger. Der Kleinste wird mit der rechten Hand seine Stirn massieren und sich eine weitere Zigarette anzünden. Der Rauch wird dicht und beißend sein. Er wird sich nicht rühren.

Die Schwester wird ein Küchenmesser zur Hand nehmen. Sie wird die Hand in den geöffneten Hosenschlitz tauchen. Sie wird das Ding abschneiden und ihm zwischen die Zähne stecken. Dann wird sie etwas ruhiger werden. Wenigstens hat sie aufgehört zu zittern, wird sich der Kleinste denken. Nachdem sie den Fusel ausgetrunken haben, werden sie auseinandergehen. Die Mutter wird immer noch gegen die Wand starren.

Ein paar Stunden später kommt ein Nachbar herein. Er

kommt, um Schulden zu kassieren – nicht viel Geld, aber für ihn doch von Bedeutung. Als er die Wohnung betritt, sitzt die Mutter immer noch da. Sie sagt nichts. Sie hat schon lange vergessen, wie man spricht. Später wird der Nachbar den übrigen Nachbarn sagen, die Leiche sei ausgestreckt dagelegen und aus einem Ohr seien Blasen gekommen.

DER TRAUM DER CEBULA

Während der Schwangerschaft wurde die älteste Cebula immer wieder vom selben Traum heimgesucht. Sie ging einen schmalen Pfad entlang, den nackte Frauen säumten. Sie lächelten ihr zu, als beneideten sie sie, doch als sie das Lächeln näher betrachtete, stellte sie fest, dass zwischen den zerrissenen Lippen statt Zähnen gelbliche Hauer hervorragten. Die Frauen schwangen die Arme und rissen der Cebula die Kleider vom Leib, und als sie schon nackt war, die diversen Schichten der Haut. Sie begann zu laufen, um den Zähnen und Klauen zu entkommen, doch es gab keinen anderen Weg als den nicht enden wollenden Pfad. Die Hautschichten fielen von ihr ab wie Schichten von Zwiebeln. Sie versuchte, sie zusammenzuhalten, doch das gelang ihr nicht. Sie lief immer weiter, bis sie über etwas stolperte. Sie schaute nach unten. Aus ihrem Bauch war ein Kind gefallen. Es war faltig und blutverschmiert. Sie hob es auf und wollte es an sich drücken. Das Kind schob sie mit aller Kraft weg, und als sie ihm in die Augen blickte, sagte es: »Dort hatte ich es so gut«, und spuckte ihr ins Gesicht. Die Frauen begannen zu lachen, und sie wurde von Schrecken gepackt, der sich in unmenschliche Kälte verwandelte.

Pokoras Kammer war größer als die übrigen. In ihr wohnten graue Tauben, die sich durchs offene Fenster zum Flug aufmachten und schon wenig später im Himmel symmetrische Kreise zogen. Helenka liebte das Wohlbehagen im Gesicht des Großvaters, wenn er die hoch oben kreisenden Wesen betrachtete. Die Vögel wirkten beruhigend auf ihn. Wenn man genug Phantasie hatte, konnte man sich mit ihnen über die Dächer erheben und von dort die ganze Gegend sehen. Die Dächer der Gebäude und Kirchen, die fetten Spiralen der Straßen und die Wipfel der Bäume, die menschlichen Gestalten, die von oben wie Ziegenkot aussahen.

Helenka jedoch interessierte sich für etwas ganz anderes. In der Kammer des Großvaters gab es neben dem Raum mit den Tauben einen zweiten, niedrigen, dunklen, ohne Fenster, mit einer hölzernen Klappe im Boden, und dort, unter der Klappe, war ein in den Boden gegrabenes, mit Brettern verkleidetes Loch, in dem für gewöhnlich die Kartoffeln aufbewahrt wurden. Im Sommer war das Loch leer, und Helenka spielte oft mit Balo und Pela Verstecken. Einmal lief sie in die Kammer und schloss rasch die Tür hinter sich. Die Tauben schlugen mit den Flügeln, und Federn flogen auf, und der beißende Geruch von Taubenkot erfüllte die Luft. Durch einen Spalt in der Tür sah Helenka, wie Balo sie suchte. Lauernd ging sie durch den Hof und rief leise nach Helenka, als fürchte sie, sie im nächsten Moment in einem Winkel zu entdecken. Sie näherte sich der Kammer. Sie öffnete rasch die Tür, sah jedoch nur eine Wolke von Flügeln. Helenka hatte sich im Loch versteckt.

Es war dunkel und eng, sogar für ein Kind. Doch Helenka wollte nicht gefunden werden. Sie zog die Klappe über sich zu und wurde steif vor Angst, weil sie allein war und sich wirklich gut versteckt hatte. Sie konnte sich nicht rühren und wusste selber nicht, warum. Sie hatte Angst, doch nach einiger Zeit gewöhnte sie sich daran, und von diesem Augenblick an ängstigte sie sich irgendwie ruhiger. Bis sie neugierig wurde. Sie wollte etwas sehen im Finstern, doch wenn sie die Augen aufriss, sah sie bloß purpurfarbene Flecken, und das war nicht angenehm. Daher schloss sie die Augen. Am Boden des Loches spürte sie mit der Hand eine Kartoffel. Die harte, kühle Knolle war dem Schälen, Zerschneiden und Kochen entgangen. Helenka hatte den Eindruck, der erdige Geruch, der sie umgab, wecke den Körper in ihr. Sie begriff sein Begehren. Dass er die Felder einsaugen wollte, in deren Innerem die Kartoffel heranreifte, und den trockenen Rauch der Feuer. Die kühle Feuchte des frühherbstlichen Regens, und durch die schmutzigen Hände, voller Schwärze in den Rissen der Papillarlinien, die Erde. Sie schauderte, weil sie das Gefühl hatte, etwas umarme sie und drücke sie an seine unsichtbare Brust. Als sie sich jedoch dessen bewusst wurde, beruhigte sie sich, obwohl sie nicht sicher war, ob das richtig war.

Etwas krabbelte über ihren Hals. Sie wollte es abstreifen, doch sie konnte ihre Hand nicht bewegen. Nach einer Weile wurde sie gleichgültig, und dieses Etwas störte sie nicht weiter. Im Übrigen genügte es, daran zu denken, und es hörte auf, sie zu stören. Sie spürte immer noch den Geruch der Erde, doch nach einiger Zeit verflüchtigte sich auch der. Von diesem Moment an wusste sie nicht, ob sie sich beengt fühlte oder nicht, ob ihr kalt war oder warm, ob es angenehm war oder unangenehm. Es war irgendwie nicht, obwohl es doch irgendwie war. Helenka befand sich in einem seltsamen Zustand der Gefühllosigkeit. Sie konnte schon nicht mehr beschreiben, wo sie sich befand. Sie steckte noch in der Finsternis, doch nach einiger Zeit wurde die allgegenwärtige Schwärze verdrängt durch farblose Formen, die um ihren Kopf kreisten. Sie spürte, wie in ihren Schläfen das Blut pochte. Alles schien so sanft und ungezwungen, dass Helenka wohl einnickte, obwohl sie sich dessen nicht sicher war.

Die Stimme des Großvaters weckte sie. Sie kam von oben. Etwas gab gurrende Taubenlaute von sich. Sie begann zu schreien. Um sie herum war alles dunkel. Pokora fand sie rasch. Als er die Klappe öffnete, wurde sie vom starken Licht geblendet. Er fasste sie unter den Achseln, hob sie hoch und drückte sie an sich. Fest. Sie war erschrocken und konnte ihr Zittern nicht beherrschen.

DIE TAUBENZÜCHTER

»Das sind doch ganz gewöhnliche Feldtauben.«

»Feldtauben? Herrgott, wie kann jemand nur aus prächtigen Wiener Tümmlern Feldtauben machen.«

»Mein lieber Herr, ich züchte seit vielen Jahren Tauben und weiß, dass das Feldtauben sind, schauen Sie sich nur das Flugbild an.«

»Na ja, vielleicht ist das nicht ganz ideal, aber die Tauben sind schön.«

»Was heißt schön, für die ist es schade um jede Handvoll Weizen, wo der noch dazu so teuer ist. Stellen Sie sich vor, ich brauche einen ganzen Sack im Monat.«

»Ja, eben, und wenn man wenigstens einen gastronomischen Nutzen von ihnen hätte ...«

»Reden Sie mir nicht vom Essen. Einmal, als es mir wirklich schlecht ging, war ich gezwungen, aus einer Krim-Taube eine Suppe zu machen ...«

»Aus einer Krim-Taube?«

»Ja, ich hatte keine andere Wahl. Dabei war nicht viel dran, eine Menge Knochen, aber es ergab eine Brühe, und die Alte war zufrieden, dass sie was Heißes in den Mund bekam und ihren Magen betrügen konnte.«

»Ja, ja.«

»Aber auch die Eier sind gut. Ein paar lasse ich ihnen natürlich, aber die nicht ausgebrüteten – eine Delikatesse!«

»Ja, ja.«

»Aber es geht ja nicht ums Fressen, nicht wahr? Was zählt, sind die Idee und das Schöne, nicht wahr?«

»Ja, ja. Aber die Katzen, die sind erst gierig nach den Tauben.«

»Da war einmal eine, die mir nachts ein schönes Exemplar geschnappt hat. Sie hat, verdammtes Sauviech, irgendwo ein Loch gefunden, durch das sie in den Taubenschlag kroch. Wissen Sie, was ich mit der gemacht hab, als ich sie fing?«

»Nein.«

»Ich hab ihr den Kopf an der Mauer zerdeppert, rasch und effektiv, sie konnte nicht einmal die Krallen ausstrecken. Dann war Ruhe. Bis zu dem Moment, da sie von selber eingingen. Irgendeine Pest oder was. Ich hab mein halbes Gehalt für Arzneimittel ausgegeben und die Schar gerettet. Weil schließlich die Idee und das Schöne zählen, nicht wahr?«

»Ja, ja.«

»Nicht der materielle Gewinn, nicht der Gewinn, sondern nur die Idee und das Schöne.«

GEBURTSTAG

Als die älteste Cebula in den Kreißsaal gebracht wurde, hatte sie bereits starke Schmerzen. Die Krämpfe traten in immer kürzeren Abständen ein und dauerten immer länger. Nicht einmal in ihren schlimmsten Träumen und während der schmerzhaftesten Monatsblutung hatte sich die Cebula vorgestellt, dass sie je solche Schmerzen empfinden könnte. Sie verfluchte denjenigen, der ihr das Kind gemacht hatte. Sie wollte es schon nicht mehr. Sie konnte nicht mehr schnaufen. Wenn sie in den Pausen zwischen den Krämpfen kurz einnickte, war es ihr, als fiele sie in einen bodenlosen Abgrund. Sie flog und flog, doch als es angenehm zu werden begann, spürte sie, dass etwas Schlimmes passierte. Etwas Schreckliches, Lebensbedrohliches. Als hätte sie im Traum einen kleinen Spalt gesehen, hinter dem sich die endlose Kühle des Todes dehnte.

Und plötzlich der Schmerz. Er wurde größer und größer. Er sollte endlich aufhören. Die Cebula wusste, dass sie ihn ertragen würde, doch der Schmerz nahm unbarmherzig zu. Es war doch nicht möglich, dass er gar nicht enden wollte. Von irgendwo hörte sie eine weibliche Stimme rufen, sie solle pressen. Sie bot alle Kraft auf. Das Licht vermischte sich mit der Dunkelheit und dem Blut in der Nase. Jemand hob ihren Kopf an, so dass das Kinn die Brust berührte. Sie verspürte ein leichtes Zwicken im Schoß. Sie wusste nicht, dass die Hebamme sie aufgeschnitten hatte, damit der Kopf des Kindes sicher herauskam.

Es lag auf Cebulas Brüsten, faltig, glitschig und über und über voll Blut.

»Ein Mädchen.«

»Ich weiß.«

Die Cebula weinte. Sie wusste nicht, ob sie weinte, weil das Kind da war, oder weil die Schmerzen weg waren.

»Noch die Nachgeburt«, hörte sie jemanden an ihrer Seite sagen.

Sie sah das rundliche Gesicht der Hebamme, das wogte und sich zu einer Pferdeschnauze verlängerte. »Was für eine Nachgeburt?« Sie hatte keine Ahnung, was sie von ihr wollten. Sie hatte ein wenig Angst.

»Man muss die Nachgeburt herausdrücken, aber das tut nicht mehr weh.«

Sie spannte sich, und sie zogen etwas zwischen ihren Beinen hervor. Ein Stück toten Fleisches. Und dann hörte sie nur mehr, dass sie während der Schwangerschaft nicht rauchen dürfe, denn ihr Kind habe alle Anzeichen einer Nikotinvergiftung, es sei sehr schwach, und deshalb müssten sie es in den Inkubator legen, aber sie solle sich keine Sorgen machen, alles werde gut werden. Und sie wusste, dass sie etwas falsch gemacht und jemandem Schaden zugefügt hatte, den sie ihr Leben lang gesucht hatte.

TÖLPEL

Tölpel nannte man die Schwächeren. Man nahm sie nicht ernst, weil sie keine Gefahr darstellten. Von Zeit zu Zeit machte einer der jungen Burschen sich über sie lustig, aber sonst wurden sie nicht weiter behelligt. Jeder der Tölpel war zu sehr mit seinen eigenen Angelegenheiten beschäftigt, um sich ins Leben der Gesellschaft einzumischen, obwohl es manchmal zaghafte Versuche gab, die Grenze zu überschreiten, die sie von den anderen trennte.

Nehmen wir Pattex, der etwas unternehmen musste, um

an Klebstoff zu kommen. Er hatte nicht die Natur eines Bettlers und kam auf die Idee, Autoscheiben zu waschen. Er fand irgendwo alte Fetzen und einen undichten Plastikeimer. Waschflüssigkeit konnte er sich keine leisten, daher beschränkte er sich auf warmes Wasser, das er aus der städtischen Bedürfnisanstalt holte, die sich am Hauptplatz befand. Hier, vor dem Rathaus, parkten Autos. Der hagere Pattex warf seinen Fetzen auf die Vorderscheibe, worauf der Fahrer gereizt aus dem Wagen sprang und ihn einen hoffnungslosen Trottel nannte oder ihm ein paar Groschen hinwarf, nur damit er aufhörte zu waschen. Denn es bestand kein Zweifel darüber, dass ein Waschen der Scheiben durch Pattex diese noch dreckiger machte. Schon beim ersten Drüberwischen floss eine braune Brühe herunter, die schmutzige Streifen zurückließ. Pattex wusste gar nicht, dass er die Scheibe dreckig machte, und ging seelenruhig daran, sie zu polieren. Dann begann das Gezeter. Für gewöhnlich erlaubte man ihm nicht, weiterzumachen. Gebeugt schlurfte er davon, mit langem Gesicht und schiefer Grimasse und einem Gefühl totaler Ablehnung. Er steckte die Nase in den Plastikbeutel, auf dessen Boden sich eine dicke, klebrige Substanz befand. Nach ein paar tiefen Zügen gewann er seine Kraft und den Glauben wieder, dass er etwas schaffen könnte, doch schon einen Moment später wusste er nicht mehr, was er schaffen sollte, und um sich das in Erinnerung zu rufen, tauchte er neuerlich in die Welt der Dünste und Versprechen ein.

Er musste jedoch vorsichtig sein. Einmal kam ein anderer Pattex daher, um sein Revier zu übernehmen. Er musste sich mit ihm prügeln. Pattex riß sich vom Plastiksack los und stellte den Eimer weg, der andere tat dasselbe. Sie stürzten sich aufeinander, es sah aus, als würden sie durch den Dreck schwimmen, den sie schnüffelten. Sie packten einander langsam an den Schultern, und langsam schlug einer dem anderen in die Fresse. Nach dem ersten Schlag schoss dem Fremden das Blut aus der Nase, und er brach in Tränen aus. Pattex war auch zum Weinen zumute, aber er musste hart bleiben. Nur auf diese Weise konnte er den Parkplatz vor dem Rathaus behalten.

Keiner wusste, wie alt er war, doch zweifellos war er jünger, als er aussah. Die Menschen spürten seine Schwäche. In den Läden jagten sie ihn aus der Warteschlange. Mehr als einmal geschah es, dass Frauen ihn einen Rauschgiftsüchtigen nannten, dass er nach Kleber stinke und arbeiten solle. Doch in der Długa wurde er in Ruhe gelassen. Man hatte sich daran gewöhnt, dass er von Zeit zu Zeit in der ehemaligen Wäscherei schlief. Das kümmerte keinen. Soll er doch schnüffeln, was er in die Nase kriegen kann, pflegte die Pokorowa mitleidig zu sagen, wenn er sich nur nicht an Kindern vergreift. Einmal geschah es, dass Mucha nicht gut drauf war und akkurat auf Pattex stieß, den er ein wenig herumschubste, doch als der Abfall zu winseln begann, hörte Mucha auf, weil ihm die Lust vergangen war.

Auch für die Gruba interessierte sich keiner, obwohl sie manchmal gehörigen Krach schlug, wenn der Schwiegersohn sie auf die Straße ließ. Dann krakeelte sie, jemand habe ihr Leben ruiniert, und wenn es dies oder jenes gegeben hätte, ginge es ihr besser, doch sie habe Pech gehabt, und Gott habe sie verlassen, obwohl sie nicht wisse, wodurch sie gesündigt habe, schließlich bete sie täglich. Sie stürzte sich auf jedes vorbeifahrende Auto und rief, die Autofahrer vergifteten die Gegend und brächten die Kinder um. Ihr geschwollener Bauch hatte zu viele undankbare Kinder geboren. Sie wusste nicht einmal, wie viele. Nur die jüngste Tochter blieb bei ihr, und das wohl auch nur, weil die Mutter eine ansehnliche

Rente bezog, vermutlich nach dem zweiten Mann, der in irgendeiner Regierung einen wichtigen Posten bekleidet hatte. Dank dieser Rente brauchte der Schwiegersohn nicht zu arbeiten. Er konnte fernsehen, so viel und wann er wollte. Also sah er fern.

Auch der kleine Mąka war ein Straßentölpel. Er hatte einen Vater, der kräftig zulangte; in seiner Jugend hatte er Tiere erschlagen. Er hatte Katzen an Ästen oder am Zaun aufgehängt, kleinere Hunde hatte er mit einer Eisenstange erschlagen, größere vergiftet, Vögel ... Und das alles hatte er scheinbar geheim gemacht. Mąka lernte vom Vater, Katzen die Augen auszudrücken. Das kleine Schwesterchen riss die Augen auf, weiter und weiter, und es weinte nicht, denn je mehr verletzte Katzen es gab, desto rascher gewöhnte es sich daran. Mąka sammelte Flaschen und Altpapier, um zu überleben. Der Vater versoff alles, und Mąka musste sich um sich und um die Schwester kümmern. Oft besorgte er es den alten Säufern im Gebüsch, wenn die nicht genug Geld hatten für eine der Cebulas. Er bekam zwei Złoty für eine Nummer oder Flaschen, die sie kurz zuvor geleert hatten. Das waren die besten Verdienstmöglichkeiten Mąkas, aber wenn der Vater nicht völlig betrunken war, nahm er ihm alles weg. Einmal erbettelten Mąka und seine Schwester von jemandem eine Wurst. Mit anderen Kindern entzündeten sie im Morast ein Feuer. Da kam der Vater und sagte dem Sohn, er solle ihm zeigen, was für eine Sorte Wurst er da am Ende des Stockes hatte. Ehe Mąka begriff, was vor sich ging, hatte der Vater den letzten Bissen hinuntergeschlungen. Er wischte sich das übers Kinn tropfende Fett ab, lächelte breit, drehte sich um und ging davon, um mit den Säufern einen zu heben. Mąka hätte heulen können. Daher fühlte er sich besser, wenn er eine Katze fing und ihr die Augen ausdrückte.

Sogar der alte Zigeuner wurde als Tölpel angesehen. Vermutlich weil er schon alt war und mit einem seltsamen Vehikel, angetrieben von einem Benzinmotor, herumkutschierte. Das war aus einem Invalidenwagen zusammengebaut, auf den man ein Dach aus Zeltstoff gesteckt hatte, das sich nicht einmal zusammenfalten ließ. Das Fahrzeug sah plump aus, wenn es zwischen den blitzenden neuen Fords, Opels, Peugeots oder anderen Marken durchmanövrierte. Der alte Zigeuner bettelte, wobei er einen Invaliden mit gelähmten Beinen vorgab, doch mit der Zeit wurde er tatsächlich zum Invaliden. Er musste nicht mehr so tun, obwohl ihm trotzdem keiner glaubte, vor allem weil er Zigeuner war. Früher einmal hatte er noch Pfannen hergestellt, aber gegenüber der alles erfassenden industriellen Produktion hatte die Manufaktur keine Chance.

Mit den Tölpeln redete man im Allgemeinen nicht, höchstens zum Spaß. Sie lebten ihr Leben und die anderen Leute ihres. Sie wurden toleriert, und wenn sie ausgenützt wurden, dann nur zur Hetz. Nur so, damit man nicht umkam vor Langeweile.

LANGEWEILE

Die Sonne brannte auf den Kopf, und Cupiał hatte den Eindruck, er sei eines der Hühner, die in der von Gruby betriebenen Bude auf dem Spieß brieten. Ja, Gruby hatte was zu tun, während Cupiał sich langweilte. Er stand über eine Stunde bei der Bude und beobachtete die Leute, die kamen und nichts kaufen wollten.

»Heut ist kein Wetter für Grillhühner. Den Leuten ist es zu heiß und zu trocken«, laberte Gruby.

»Aha«, stimmte Cupiał zu.

»Sie wollen lieber was trinken. Die Hühner sind zu gesalzen für so eine Sonne«, fuhr Gruby fort.

»Aha.«

An einem Tag wie diesem hatte auch Gruby, um der Wahrheit die Ehre zu geben, nichts zu tun, doch der Unterschied zwischen ihm und Cupiał bestand darin, dass er eine Perspektive hatte und Cupiał nicht. Gruby konnte möglicherweise am folgenden Tag eine Frau anschwatzen. Sie könnte daherplappern, sie wolle dieses braun gebratene Huhn, worauf Gruby sagen würde, natürlich, gern, er allerdings würde das daneben vorschlagen, weil das, auf welches die gnädige Frau zeigt, vielleicht schon etwas zu trocken sein könnte. Oder er unterhält sich mit einem Kunden über das Match, das heute im Fernsehen gezeigt wird, und verdient dabei Geld, weil das Gespräch dem Ankurbeln der Verkäufe dienen soll. Cupiał hingegen? Er wird entweder so wie heute herumstehen und nach allen Seiten und nach oben schauen, oder er wird zwei Schritt nach vorne tun und sich auf die Mauer setzen, oder er wird nach Hause gehen und aus dem Fenster glotzen, und bestenfalls wird er das Match sehen, aber er wird mit keinem darüber reden, denn wenn er wieder so bei der Bude herumhängt, vergeht ihm die Lust auf jedes Gespräch, und Gruby bekommt von ihm nichts anderes zu hören als ein gelangweiltes »aha«.

Es muss allerdings gesagt werden, dass es nicht leicht ist, sich so zu langweilen. Cupiał mühte sich redlich mit dem Nichtstun. Vor seinen Augen spielte sich nichts ab, kein Ereignis, keinerlei Emotionen. Er verspürte Reglosigkeit und Müdigkeit. Er hatte nichts zu tun, und selbst wenn er etwas zu tun hätte, würde er in seiner Untätigkeit weitermachen, weil er sich nicht davon überzeugen könnte, dass er zu irgendwas

Lust hätte. Wenn er wenigstens etwas trinken könnte, dann würde er ein Bier oder billigen Wein in sich hineinschütten, aber so? Nur herumstehen und glotzen und dabei nichts sehen. Also stand er herum. Es gab keinen anderen Ausweg. Und wenn Gruby zum hundertsten Mal wiederholte, dass es heute zu heiß war, um Grillhühner zu verkaufen. Cupiał stimmte mit seinem »aha« zu und ging ohne ein »Servus« nach Hause. Unterwegs geschah nichts, außer dass er sehr schwitzte.

DIE HALTESTELLE

Wein. Antoniuk rülpste und unterdrückte den üblen Geschmack, der dabei hochkam. Er trank mit Bielas, dann stieß Kaczewski mit einem Bier zu ihnen.

»Was ist los mit dir, Kaczewski, bist du so ein Burschuj geworden, dass du Bier trinkst«, brummte Bielas, ohne sich weiter zu ereifern. Obwohl er schon vor seinem geistigen Auge sah, wie er Kaczewski wegen dieses Bieres und dafür, dass er sich dazu aufraffte, Altpapier und Pilze zu sammeln, wofür er sich dann Bier leisten konnte, den Hals umdrehte. Er würde ihn am liebsten treten dafür, dass er eine Alte hatte, die mit ihm trank. Doch das alles spielte sich nur in seinem Kopf ab, nach außen hin machte er keinen Mucks, wozu auch? Antoniuk spendierte billigen Wein, sie standen im Haustor, und obendrein war es warm. Da konnte man sogar den Teufel für eine Weile vergessen.

Das Haustor war nicht weit entfernt von der Haltestelle. Sie standen da und betrachteten stumpf die auf den Autobus wartenden Leute.

Da war ein Fräulein mit einem großen Busen und blonden Locken. Super Figur, bestens versehen mit allen körperlichen

Attributen, so gut, dass Bielas am liebsten geschrien hätte, die Puppe solle ihm einen Kuss geben, doch der Schrei blieb ihm in der Kehle stecken, und statt zur Puppe sagte er zu Antoniuk: »Siehst du die Busige dort? Mir fällt fast die Kinnlade herunter. Und weißt du, warum mir die Lade herunterfällt und ich sie nicht schließen kann?«

»Warum?« knurrte Kaczewski.

»Weil's mir die Haut am Schwanz zusammenzieht und deshalb die Haut für oben fehlt, du Gnom, ha, ha.«

»Ha, ha!«

Sie tranken einen Schluck. Das Fräulein wusste nicht, dass neben ihr oder besser hinter ihrem Rücken etwas vor sich ging.

Bei der Haltestelle war auch ein Mann, der auf und ab ging. Er gestikulierte und murmelte etwas vor sich hin, als bereite er sich auf eine Aufführung vor. Plötzlich griff er in die Tasche und holte ein Mobiltelefon hervor. Er brüllte hinein, er wolle keine Maschinen übernehmen, die nicht versichert seien, im Übrigen seien sie ohnehin zu teuer, und er sei glaubwürdig, und überhaupt. Obwohl die Leute ihn sahen, taten sie so, als hörten sie nichts, weil es irgendwie blöd erschien, ihm zuzuhören, wie er da aufgeregt herumschrie.

Dann war da noch ein betrunkener Kerl, und Antoniuk hörte genau, wie er drei junge Mädchen anzumachen versuchte. Er sagte zu ihnen, der Autobus sei wohl noch nicht gefahren. Sie darauf kichernd, es gebe einen Fahrplan, und dort stehe schwarz auf weiß (das sagte die Schwatzhafte) geschrieben, wann und wohin. Und er darauf unschuldig, wohl eine Folge des Alkohols, er habe seine Brille vergessen. Darauf sie, man dürfe nichts vergessen, schon gar nicht in seinem Alter. Darauf reckte er sich, als habe er begriffen, dass sie frech antwortete, hob den Finger und sagte, was sie sich einbilde, auch für sie werde einmal die Zeit kommen, da sie die Brille vergesse, denn die Zeit bleibe nicht stehen, und sie sollte nur nicht so oberschlau tun, denn die Zeit bleibe nicht stehen, und auch die Brillen ließen nicht auf sich warten, weil nämlich die Zeit nicht stehen bleibe, und daher ließen die Brillen nicht auf sich warten. Irgendwie verhedderte er sich in seinem Räsonieren und ging ein Stück weiter. Er torkelte, blieb stehen und setzte sich schließlich auf eine Bank. Im Sitzen brummelte er weiter vor sich hin.

Da war ein Paar, das sich drückte und küsste und niemanden und nichts sah. Kaczewski ahmte die Kussgeräusche nach, und Antoniuk lachte, aber säuerlich, vielleicht weil Bielas die Gelegenheit nützte, dass er sich vergaffte, die Flasche schnappte und mehr trank, als ihm zustand.

Dann war da noch eine Mutter, müde und klein, die Haare, ein wenig zu ausgebleicht, als dass man mehr darüber sagen könnte, und zu einem Knoten geschlungen. Sie hielt eine Tochter an der Hand, ein wenig größer als sie, obwohl genau so breit in den Hüften und überhaupt ähnlich fassförmig wie die Mutter. Das Gesicht der Tochter war zu rund für ein Gesicht, mit Augen wie erschreckte Knöpfe, die man an einen Brotlaib genäht hat. Sie grinste die ganze Zeit etwas an, was vor ihr stand, obwohl da gar nichts war. Diese ständige Fröhlichkeit erschien zwar natürlich, aber dadurch, dass sie sich ständig über ihr Gesicht breitete, machte sie den Eindruck von etwas Fremdem, was nicht sie war, was ihr aufgedrängt wurde. Eine Grimasse, aufgeklebt von der Ironie des Schicksals, das ihr zu lächeln befahl, sogar wenn sie eigentlich weinen wollte. Die Tochter sah aus, als sei sie unablässig zufrieden und mit ihrer Situation im Reinen. Sie trippelte auf der Stelle, drückte kräftig die Hand der Mutter und machte einen glücklichen Eindruck.

Es gab noch andere, erschöpft von der Arbeit, aber weil es ein sonniger, warmer Tag war, wirkten sie nicht niedergedrückt, nur müde. Manche schienen in sich versunken, die einen waren bunter, die anderen weniger, wieder andere waren gar nicht bunt.

Antoniuk erschien alles bunt. Vielleicht nicht so, wie er sich das gewünscht hätte, doch der Wein, den er getrunken hatte, besserte seine Laune. Da gab es nichts, was ihn störte. Ihn störten nicht die Trägheit und nicht der Staub, der einem Atembeschwerden machte. Ihn störte nicht Kaczewski, vielleicht weil es auch keinen gab, der Kaczewski störte, mit Ausnahme von seiner Alten. Doch außer der eigenen Alten störte Kaczewski keiner, und deshalb störte auch er keinen. Ein wenig störend wirkte er allerdings auf Bielas, doch Bielas fühlte sich durch jeden gestört. Sogar durch Antoniuk, vor dem er einige Achtung empfand. Antoniuk hatte den Wein spendiert, doch das kümmerte Bielas nicht weiter, ihn störte an Antoniuk, dass er nur eine Flasche spendiert hatte, und wie das bei Wein nun einmal ist, war der Wein rasch aus. Immer zu rasch.

Außerdem kam die Gruba auf sie zu, wobei sie etwas vor sich hinbrabbelte. Sie erblickte sie.

»Dort werden Kalender verkauft«, sie zeigte auf den Kirchturm auf der Anhöhe. »Und was für schöne!« Sie blätterte in den weißen, in der Sonne glänzenden Seiten, und auch ihr Gesicht glänzte. »Bitte sehr, mit dem Heiligen Vater. Nur zwanzig Złoty, spottbillig!«

»Gruba, weißt du, wie viel Wein man dafür bekommt?« stieß Bielas hervor. Antoniuk wollte schon sagen, sie sei dumm wie ein Schuh, denn für zwanzig Złoty könnte sie fünf, sechs Flaschen Wein kaufen, während sie das Geld für einen Schmarrn ausgibt, doch Kaczewski meinte aufmunternd:

»No, no …«, worauf die Gruba, ermutigt, fortfuhr: »Vor dem Eingang zur Kirche werden sie verkauft. Von schönen Ministranten, wie gemalt. Und was für schöne Bilder es in diesem Kalender gibt. Bitte sehr, schaut. Jedes anders, und auf jedem der Heilige Vater.«

Sie wedelte mit den Gesichtern des Heiligen Vaters wie mit Fähnchen vor ihren Augen. Ein Gesicht lächelte, eines sah ein wenig müde aus, das nächste etwas röter, das war wohl schon im Mai oder Juni, und auf dem nächsten schaute er überhaupt schon aus wie ein reifer Apfel, das war im August, dann wirkte er ein wenig verwelkt, aber nein, eher nachdenklich, weil das im Winter war, und vielleicht war das Gesicht des Heiligen Vaters deshalb nachdenklicher, irgendwie weiser, über etwas sinnend, und die Augen in dem Gesicht irgendwie glasig und schöner als die Augen gewöhnlicher Menschen … Die Gruba seufzte schwer und grummelte, wie schön das sei, bis Kaczewski, von Natur aus ehrlich und allen wohlgesinnt, leise lispelte: »Ist schon recht, morgen gehen wir hin, und vielleicht kaufen wir was.«

Die Gruba fuhr auf, als hätte man vor ihren Augen ein Sakrileg begangen. »Morgen? Morgen? Morgen geht es nicht«, sie bekreuzigte sich. »Heute ist Sonntag. Morgen ein Werktag. Morgen kann man die Bilder nicht kaufen, nur heute, weil heute Sonntag ist«, und sie lief in Richtung Długa davon.

Bielas spuckte zwischen die Zähne hindurch aus. Kaczewski schien in Gedanken etwas zu zählen. Antoniuk zündete sich eine Zigarette an. Sie vergaßen es. Woran sollten sie sich denn auch erinnern? Die Menschen stehen zu lange an dieser Haltestelle, und man hört die Kirchenglocken. Die Gruba hatte vermutlich Recht, dass heute Sonntag war. Das mussten sie begießen. Antoniuk griff in die Tasche. Er hatte noch genug für eine weitere Flasche Wein.

Als die Pokorowa aus dem Haus trat, schlug ihr der Wind ins Gesicht. Sie kam sofort zur Besinnung. Das Gehen war mühsam. Sie vermochte sich kaum auf den Beinen zu halten. Sie musste sich gegen die raue Wand stützen, um nicht zu fallen.

Dabei musste sie zur Arbeit gehen. Die Pokorowa neigte sich nach vorn, aus ihren Augen rannen Tränen. Mit einer hastigen Bewegung presste sie das wollene Béret auf den Kopf, dann nahm sie es ab, damit es nicht davonflog, und steckte es in die Manteltasche. Es war kalt. Obendrein würde es im nächsten Moment zu hageln beginnen, was die Pokorowa nicht wusste.

Eine unsichtbare Kraft beherrschte die Umgebung. Über den Gehsteig trieben tote Zweige, verdreht und zerbrochen. Größere Äste hingen leblos an den Fetzen weißer Innereien. Die Bäume stöhnten vor Anstrengung. Manche wurden ausgerissen. Dann schossen Bäche von Erde unter den Wurzeln hervor. Etwas wurde durch die Kraft von etwas vernichtet.

Die Kälte schlug nicht nur ins Gesicht. Die Fenster ächzten unter dem Druck der Macht, die sie der Scheiben berauben wollte, das heißt ihrer Sinne. Irgendwo schlug eine Tür, vielleicht wurde sie ausgerissen. Die Töne erinnerten an ein Spiel auf lebendigen Stimmbändern, dann atmete der Wind wie ein Mensch. Das war am schlimmsten. Manchmal klang er wie die Stimme eines Kindes hinter verschlossenen Türen, dann wieder heulte er durchdringend direkt neben dem Ohr.

Es war finster, obwohl der Tag eben erst angebrochen war. Er gewann an Tempo, wie ein schwerer Güterzug, der alles zermalmt, was sich ihm in den Weg stellt. Dann braucht es ein großes Hindernis, um ihn zum Entgleisen zu bringen. Nur dass dieser Tag längst aus den Geleisen geraten war.

Die Pokorowa fühlte sich schlecht in dem Wirbelsturm, der sie vom Gehsteig zu fegen suchte wie den Abfall, der durch die Luft wirbelte. Plastiksäcke rüttelten an Zweigen. Papier trieb planlos unter den Füßen dahin. Alles beeilte sich irgendwohin, und keiner wusste, woher es kam. Vielleicht würde die Welt im nächsten Moment zu Staub zerfallen. Vielleicht wollte der Wind die Leiber zerschlagen, damit es so wäre, als sei vorher nichts gewesen. Als habe es keinen Streit und keine Liebe gegeben. Keine Pflanzen und keine Tiere. Er wollte alles verschlingen, in Trümmer schlagen, ohne sich um einen Widerstand zu kümmern.

Trotzdem setzte sich die Pokorowa in den Autobus. Der brachte sie zur Fabrik, wo man Schuhe nähte.

CHMARAS TRAUM

Die Fliesen musste man sehr sorgfältig legen, doch Chmara bereitete das große Probleme. Er erwischte die Waagrechte nicht, etwas drückte von unten her. Die Fliesen bauschten sich. Eine zersprang, und heraus schoss eine Pflanze mit einer schönen gelben Blüte. Sie drang geradewegs in seinen Mund und schlug ihre grünen Verästelungen in seine Adern. Dann sprossen Zweige aus seinen Ohren und Augen. Jede ihrer Blüten war sein Kopf, und da es Tausende Blüten gab, sah er die Welt tausendfach. Jede Welt, die er sah, war anders, und er sah sie in einem Moment. Millionen Blumen und Millionen Menschen bei den unterschiedlichsten Tätigkeiten und in verschiedenen Zuständen. Er sah Sterben und Geburten, Träume und Erwachen, doch durch dieses Sehen fühlte er sich sehr einsam. Da verspürte er das Bedürfnis zu trinken.

Selbstzufrieden stolperte Chmara über eine vorstehende Platte am Gehsteig. Er war ziemlich beduselt. Seine Tasche war ausgebeult durch ein dickes Bündel Banknoten. Er verspürte ein Hochgefühl und empfand die Welt als schön. Der Tag ging zu Ende. Die großen Bäume im Park wurden dunkel und erstarrten reglos.

Da kam ihm Antoniuk entgegen. Bei seinem Anblick erwachte in Chmara der Wunsch nach einem Abenteuer.

»Servus! Was ist los, du Saufkopf?«

»Ach, was soll's?« Antoniuk machte eine wegwerfende Handbewegung. Er roch nach Alkohol, doch Chmara spürte das nicht.

»Also komm mit«, rief Chmara fröhlich, und sie gingen in Richtung Laden. Nach ein paar Bieren kamen sie überein, ins Miami zu gehen, die größte Diskothek an der Küste, wie das Gerücht besagte, obwohl das eine glatte Lüge war. Antoniuk war noch nie dort gewesen, Chmara vielleicht irgendwann, ein einziges Mal, aber vielleicht erschien es ihm auch nur so, dass er dort gewesen war.

Sie wussten nicht einmal mehr, wie sie, mit Drinks in Händen, an die Bar gekommen waren. Natürlich bezahlte Chmara. Er wedelte mit den Banknoten, und alle wussten, dass er Geld hatte. Die Musik dröhnte. Chmara wollte etwas zur Bardame sagen, weil sie einen aufreizenden Hintern hatte. Doch statt Worten brachte er bloß ein Stammeln heraus, das sich mit dem Dröhnen der Musik und den Wortfetzen der an der Bar stehenden Burschen vermischte. Sie wurden von keinem angestänkert, doch Antoniuk fühlte sich nicht wohl. Chmara war schon ziemlich betrunken.

Antoniuk schaute über die Schulter auf das lichtüberflutete Tanzparkett. Jedes Paar Beine war anders gekleidet. Die Unterschiedlichkeit der Gestalten wurde unterstrichen durch ihr Verhalten. Eine war der anderen nicht ähnlich. Selbst wenn sie gewollt hätten, hätten sie sich aneinander kein Beispiel nehmen können.

Da war der Typ Antoniuk gegenüber. Er versuchte sich locker zu bewegen. Doch das gelang ihm nicht. Er war steif wie eine Schaufensterpuppe. Er sah aus, als hätte man ihm einen Stock auf den Rücken gebunden. Da er mit seiner Partnerin nicht Schritt halten konnte, packte er sie an der Hand und begann an ihr zu zerren, in der Überzeugung, er führe sie geschickt in wiegenden Drehungen. Sie versuchte sich nach Möglichkeit vor dem Fallen zu bewahren. So rangen sie miteinander schon seit einiger Zeit. Er glücklich, weil es ihm gelang, hin und her zu steigen, sie wurde dabei immer schwächer.

Daneben sprang ein junger Bursche auf und ab. Wie ein hopsender Hanswurst. An ihm rieben sich zwei junge Mädchen. Sie trugen eng anliegende Röcke über glatt gedrechselten Hintern. Sie wanden sich wie Schlangen. Sie waren in Harmonie und in der Musik. Man verspürte das Bedürfnis, in ihnen zu sein.

Etwas weiter ein Paar in ständiger Schieflage. Sie stützten sich gegenseitig. Sie traten auf der Stelle, aneinandergeschmiegt, ohne auf die Musik zu achten. Daneben junge Kerle mit aggressiven Bewegungen. Nur sie selber sahen diejenigen, gegen die sie kämpften. Die Mädchen scharwenzelten zart und grob, wie Wiesel und Kühe. Ihre Leiber glänzten vom Schweiß.

Antoniuk wurde schlecht. Er wollte kotzen, aber nicht vor Ekel – er war begeistert und vor Staunen stumm –, sondern aus Erschöpfung angesichts des Gesehenen. Er lechzte nach allem, so dass ihm schwindlig wurde. Doch er stützte sich mit den Ellbogen auf die Bar und bekam wieder festen Halt. Er wollte sich am Gewühl der Körper beteiligen, doch er stolperte und fiel. Er wusste nicht mehr, wie er aufstehen sollte. Schließlich wurde er hochgehoben. Er hatte das Gefühl, er werde durch dichten Nebel gestoßen. Ehe er sich vom Gehsteig aufrappeln konnte, fiel ihm Chmara auf den Rücken. Noch ein Glück, dass sie keine in die Fresse bekommen hatten.

Einander stützend gingen sie zurück. Beide mit einem Gefühl der Niederlage. Chmara, weil er nichts gesehen hatte. Er war im Sessel eingeschlafen und, die Taschen schon leer, was er nicht wusste, vor die Beine eines der für Ordnung sorgenden Bodybuilder gestürzt. Und Antoniuk, weil er so viel gesehen hatte, dass er sich an gar nichts mehr erinnern konnte.

Wie sie so dahingingen, wuchsen dem Labyrinth der Straßen vor ihnen immer neue Abzweigungen. Ursache für diese Abzweigungen war der unmäßig genossene Alkohol. Im Übrigen war es gut, dass sie von niemandem verprügelt wurden. Um diese Stunde und an diesem Ort war es leicht, Prügel einzufangen. Ja, es war gut, dass sie keine Prügel bezogen, obwohl, hätten sie welche bezogen, würden sie das nicht so hinnehmen, oder nicht? – lallte Chmara, und Antoniuk kotzte gegen die Wand, in der Feuchtigkeitsflecken den Verputz ersetzten. In diesem Moment kam jemand auf sie zu. In beinahe tänzelndem Schritt. Es begann zu regnen.

Die Nacht war am schlimmsten. Die Pokorowa betete darum, dass das Fieber fiel. Helenka war ohne Bewusstsein. Als sie erwachte, wollte sie etwas in der Luft greifen, was sie gesehen hatte und wovor sie große Angst empfand. Sie hatte keine Kraft, und als die Pokorowa ihr zu trinken gab, musste sie ihr helfen, sich aufzusetzen. Nur dass Helenka nicht trinken wollte. Sie hatte Angst vor den Schatten, welche die sich nähernde Hand warf, und sie wusste nicht, ob die Hand nah war oder fern, klein oder groß. Was wollten sie von ihr? Am schlimmsten sah es aus, wenn sie plötzlich aus dem Schlaf schreckte und weinend bat, ihr zu erlauben, das zu halten, was sie kurz zuvor vom Leintuch geklaubt hatte, obwohl sie nichts in Händen hielt. Sie presste die Hände zu Fäustchen zusammen, und die Pokorowa versuchte sie hinzulegen, denn sie begriff nicht, was Helenka wollte. Helenka wusste auch nicht, was da geschah, und sie machte sich nass, nicht weil sie vergessen hatte, sondern weil sie nicht genug Kraft hatte, um aufzustehen, etwas zu sagen, es zu begreifen. Es genügte, dass die Temperatur des Körpers um drei Grad anstieg. Die Muskeln wurden schlaff, und es fiel schwer, ihren Kopf zu halten, damit er nicht zitterte. Zuckende Haut und von Tränen überfließende Augen, in denen die Hölle der Krankheit zu sehen war.

Die Pokorowa wiederholte ständig, Helenka habe noch nicht gesündigt, um so leiden zu müssen. Bei ihr war das etwas anderes, doch so ein Kind – für welche Sünden? Wenn sie ihre Enkelin ansah, erinnerte sie sich an ihre Mutter, deren Knochen schmerzhaft verfault waren. Man hatte ihr Morphium gegeben, und die tiefgläubige Frau, gut und geduldig, fegte Ameisen und weiße Würmer von ihrem Bettzeug, obwohl sie wusste, dass es dort gar keine gab. Der Vater war wütend über sie, was sie sich da nur wieder ausdenke, und dann flüsterte die Mutter der Tochter zu, damit der Vater es nicht hörte und sich nicht weiter aufregte: »Meine Liebe, ich weiß, dass es die Würmer auf dem Bettzeug nicht gibt, aber gibt es sie wirklich nicht?« Und die Pokorowa erklärte der Mutter, dass auf dem Bettzeug ganz bestimmt keine Würmer seien, doch sie wusste, dass die Mutter, die ihr stets geglaubt hatte, diesmal Zweifel hegte. Sie wusste, dass die Mutter diesmal überhaupt Zweifel hegte, obwohl sie ständig wiederholte: »Das ist eine Probe, eine Probe«, obwohl sie den Sinn dieser Worte immer weniger verstand.

Helenka entglitt ihren Händen, und die Pokorowa erforschte ihr Gewissen. Vielleicht war sie schuld an dieser Krankheit? Vielleicht waren es ihre Sünden, die über das Kind kamen? Doch sie fand keine Sünde, die Helenkas Krankheit entsprochen hätte. Sie konnte nicht akzeptieren, dass die Krankheit auch ohne Sünde geschehen konnte. In ihren Augen musste jedes Übel seine Ursache haben. »Für welche Sünden?« Und dann dachte sie an Pokora, der Sobaka getötet hatte, vielleicht war diese Krankheit wegen Sobaka gekommen, dessen Hundeblut irgendwo in der Erde kreiste. Und vielleicht vermischte sich dieses Blut mit dem Wasser, das in den Fluss strömte, und das Wasser aus der Leitung kam schließlich auch aus dem Fluss. Wenn auch gereinigt, aber doch vergiftet durch Sobakas Tod. Die Pokorowa schluchzte, weil sie meinte, im nächsten Moment müsse ihr Schädel zerspringen. Die Tränen verschafften ihr Erleichterung. Sie konnte den Anblick der bewusstlosen Helenka nicht ertragen. Ein Mensch ist in den Körper eines Tieres gepackt, doch obendrein sind ihm noch Gefühle und ein Bewusstsein gegeben. Jetzt würde sie sagen, das alles sei ungerecht, es sei zu viel, zu schmerzhaft.

In drei Tagen, wenn das Fieber gesunken ist, wird die Pokorowa zur Beichte gehen und sagen, sie habe gesündigt.

DIE KIRCHEN

Mit diesen Kirchen gab es Probleme. Vielleicht keine besonders großen, aber immer irgendwelche. Das heißt, mit der orthodoxen Kirche gab es keine. Sie stand fest verschlossen da, und vor den Fenstern hingen Stahlgitter, so dass man die Scheiben nicht einschlagen konnte. Daher rührte sie auch keiner an, keiner trieb sich dort herum, keiner besuchte sie.

Mit der Kirche der Pfingstbewegung, die zwischen dem Gebäude, in dem Globus wohnte, und dem Gebäude, in dem Cupiał auf eine Flasche starrte oder auf Blasen im Ohr, war es etwas anderes, sie wirkte eindeutig störend. Vor allem den Kindern war sie ein Ärgernis, die Angst vor ihr hatten. Jemand hatte das Gerücht gestreut, im Eingang der Kirche der Pfingstbewegung sei ein Bildnis der Muttergottes begraben, und es sei eine Sünde, auf das Gesicht der Muttergottes zu treten, und diese Gottlosen stampften jedes Mal, wenn sie die Schwelle überschritten, absichtlich auf ihre Stirn. Man brauchte angeblich nur genau hinzuhören, um die Klagen des getretenen Heiligenbildes zu vernehmen. Die Kinder hatten Angst vor den Gottlosen, und aus Angst warfen sie Steine in die Fenster. Die Pfingstler montierten ein dichtes Stahlnetz, so dass es keinen Sinn mehr hatte, Steine zu werfen. Doch da waren immer noch die Autos, die an Feiertagen den Gehsteig blockierten, und weil die ulica Długa, die Lange Straße, nicht nur kurz war, sondern auch schmal, versperrten die Autos beinahe die Durchfahrt. Es gab viele Autos, und sie rochen nach Geld. Das war ein Ärgernis. Es fanden sich Nägel, die den neuen Lack zerkratzten und die Reifen durchbohrten. Doch das schien den Pfingstlern nichts auszumachen. Sie kamen weiter zu ihren frohen Messfeiern gefahren. Man konnte weiter die Gesänge, das Schlagzeug und die ekstatischen Schreie in verschiedenen Sprachen hören. Am Ende fanden die Kinder es langweilig, den Lack zu zerkratzen. Ihre Taten zeitigten keinerlei Wirkung, kein Echo. Es schien so, als gäbe es diese Taten überhaupt nicht. Es war daher sinnlos, etwas fortzusetzen, was es nicht gab.

Am besten ging es der Kirche oben auf der Anhöhe. Sie erfreute sich allgemeiner Achtung. Auf sie wurden keine Steine geworfen. Obwohl angeblich einmal zwei Typen die Gelegenheit nützten, dass die Menschen bereits die Kirche verlassen hatten, in die Sakristei liefen und den alten Pfarrer auf den Kopf schlugen. Er fiel auf den kalten Boden wie ein Sack Kartoffeln. Die beiden stahlen ein wertvolles Bild, das die Leiden Christi darstellte und nur am Karfreitag und vielleicht noch an anderen Feiertagen den Gläubigen gezeigt wurde. Mit diesem Bild rühmte sich die Kirche auf der Anhöhe in ganz Polen. Als die Diebe gefasst wurden, stellte sich heraus, dass einer von ihnen Pfarrer einer anderen Gemeinde war. Sein weiteres Schicksal wurde sorgsam vertuscht. Das Bild kehrte zurück auf die Anhöhe, und nach außen hin änderte sich nichts. Nur dass der Pfarrer nach diesem Schlag ein wenig seltsam wurde. Er wetterte von der Kanzel wie ein zweiter Piotr Skarga, um dann mitten im Satz, wenn allen schon die Haare zu Berge standen, plötzlich abzubrechen. Dann stand er da und schwieg. Offenbar wusste er einfach nicht weiter. Tränen traten in seine Augen, und seine Hände begannen zu zittern. Der neue Priester, der vor kurzem in die Pfarre gekommen war, führte ihn behutsam vom Altar weg und hieß ihn Platz nehmen. Erst da sahen alle, dass der Pfarrer schon sehr alt war und sehr müde. Darauf las der neue die Messe. Mit der Zeit hielt der alte Pfarrer keine Predigten mehr und machte höchstens noch Weihnachtsumzüge oder begrub die Toten. Einige behaupteten, wenn er so von der Kanzel wetterte, habe er interessantere Dinge gesagt als während der ganzen übrigen Jahre, doch die wirklich Gläubigen warfen diesen Menschen nur empörte Blicke zu. Angeblich fluchte der alte Pfarrer entsetzlich und sprach über die Unterschiede der Rassen, um im nächsten Moment hinzuzufügen, dass man alle Tiere lieben müsse. Und am Ende wusste keiner mehr, was er eigentlich wollte, außer dass er sehr laut war. Gemeinsam mit dem alten Pfarrer ging eine Epoche zu Ende. Man wusste, dass ihn irgendwann der neue ersetzen würde, sofern er nicht vorher wegen irgendeiner Maria Magdalena aufflog. Und dann wurde in der ganzen Kirche eine Alarmanlage installiert.

DAS WEIB

Wenn die Menschen von der Arbeit zurückkehren, wird es eng im Autobus. Die Pokorowa drängte sich mit Mühe bis zum Fahrkartenautomat durch. Unter ihren Füßen wuselte ein kleiner Dackel.

»Geben Sie Acht auf die Pfötchen des Hundes!« ertönte die dröhnende Stimme eines mächtigen Weibes, das beim Fenster saß und die Leine des Dackels um die Hand gewickelt hatte. Die Pokorowa sah ihr ins Gesicht. Es war aufgedunsen und aggressiv.

»Was glotzen Sie so?!«

»Entschuldigung«, murmelte die Pokorowa, zu müde, um einen Streit zu beginnen.

»Und was macht ihr? Achtet auf die Pfoten des Hundes!« Das Weib hatte die Pokorowa vergessen, dafür fuhr sie ein paar Kinder an, die eben aus der Schule kamen. »Ihr verletzt ihm noch die Pfoten, wehe wenn ihm einer draufsteigt, der kriegt von mir eine, dass Blut kommt.«

Ein mutigerer Junge sagte mit schelmischem Lächeln, sie achteten schon auf die Pfoten des Hundes.

»Dann achtet noch besser darauf, sonst könnte es zu spät sein. Und du, Frau?! Gib Acht auf die Pfoten des Hundes!« Jetzt griff das Weib eine eben eingestiegene Frau an. Doch die war erfahren in Diskussionen mit ihrem Mann, die oft genug in Handgreiflichkeiten ausarteten, weshalb sie die Herausforderung gleich annahm:

»Was schreien Sie denn so?!«

»Ich will sie nur warnen, denn wenn es zu spät ist, dann ...«

»Was ist dann, du Weibsstück? Vielleicht nimmst du deinen Hund auf den Schoß, dann ist er nicht mehr im Weg?«

»Wenn ich ihn auf den Schoß nehme, macht er mich schmutzig, wenn ich ihn aber nicht auf den Schoß nehme, macht er mich nicht schmutzig.«

Der Frau verschlug es die Sprache. Eine solche Antwort hatte sie nicht erwartet. Die Kinder, ausgestattet mit einer gewissen Intuition, lachten leise über das Weib.

»Was sind das nur für Leute ohne jede Kultur«, jammerte das Weib vor sich hin. »Sie geben nicht Acht auf ein Hündchen, wie können sie dann auf sich selber achten«, brummelte sie, ständig bereit, ihren Kleinen zu verteidigen.

»Was ist, du Verräter?« Der große Mann im Ledermantel sprach direkt vor seinem Gesicht. Aus seinem Mund drang der Geruch von Knoblauchwurst.

»Nichts«, antwortete Globus. Er konnte sich nicht bewegen. Zwei kräftige Kerle hatten ihn in die Zange genommen.

»Dann werde ich dir dieses Nichts zeigen.« Der Große griff in die Manteltasche. Die Hand schnellte heraus, und ein Metallstab mit einer Bleikugel am Ende schnitt durch die Luft wie eine Rasierklinge.

»Jetzt wirst du hinken«, sagte er und schlug Globus gegen das Knie. Der Stock zerbröselte den Knochen. Globus blieb vor Schmerz der Atem weg, statt zu schreien, rang er nach Luft.

»Und jetzt wirst du aussehen wie ein Affe.« Der Schlag gegen das Kinn warf Globus ins Schwarze. Er blieb für einige Zeit darin stecken, fürchtete jedoch, für immer darin zu bleiben.

DAS LICHT

Das Licht erlosch. Die Elektrizität war zerrissen, und man konnte meinen, die Welt sei in Schlaf versunken. Es war still. Des Stromes beraubt, verstummten die Rundfunkempfänger. Die Menschen wurden starr vor Angst, gewiss glaubten sie, das Ende sei nahe. Jeder wartete auf etwas.

Wenig später wurden Flammen sichtbar. Zündhölzer und der Geruch von an Reibflächen geriebenem Schwefel, das Entzünden von Feuerzeugen und die bläuliche, durchsichtige Flamme von Gaskochern vertrieben die Schatten. Diese hatten sich in alle Winkel und Ecken eingenistet und zwischen Decke und Wände gebeugt, so, als habe man ihnen das Rückgrat gebrochen. Als wollten sie in den Kragen rinnen, unter die Haut, und im Dunkel des Inneren vergehen. Man fühlte etwas Beunruhigendes. Es war keine Berührung und kein Blick, nur eine unaussprechliche Anwesenheit, die im Menschen die Vorsicht eines Tieres weckt. Man war immer noch dabei, sich an das Halbdunkel und die Stille zu gewöhnen, die für gewöhnlich in der Stadt fehlten.

Tropfen kalten Regens schlugen in dichtem Rhythmus gegen die Fenster. Unbändiger Zorn trommelte lärmend gegen die Scheiben und rann herunter. Die Erde sog ihn auf, damit er für irgendwann reichte, und wenn er in Bäume und Wiesen sickerte oder Wolken formte, wieder fallen konnte, wenn es zu ruhig sein sollte auf der Erde.

Zum Glück schlug er jetzt gegen diese Scheiben und nicht gegen die Gesichter, und das war gut so, vor allem weil es im Inneren stets wärmer ist als draußen und sich schon Kerzen gefunden hatten. Die Knochen fühlten sich wohl im aufgewärmten Körper. Ruhe strömte durch die Adern. Trotzdem sprach man leiser, beinahe flüsternd. Anders schien sich das nicht zu gehören.

Das im Halbdunkel glühende Ende einer Zigarette enthüllte sein geheimnisvolles Muster und seine Schichten. Der Zustand der Trägheit erfasste alle, mit Ausnahme der Kinder. Sie besuchten das von neuem entdeckte Haus. Die schwarzen Flecken an den Wänden, in Schwung gebracht in der bewegten Luft, weckten frische Phantasien, für die alles überraschend schien, nichts gewohnt.

Helenka trat ans Fenster. Die Schwärze vor der Scheibe, aus der schemenhaft ein Gesicht hervortrat, zog sie an. Helenka hatte Angst, etwas Schreckliches zu sehen. Sie sah sich selber, allerdings irgendwie bleicher und älter. Sie betrachtete sich sehr ernst, und die zweite Helenka schaute ebenfalls sehr ernst drein. Der Wind schlug ein ums andere Mal gegen die Scheiben, bis das Gesicht in der Tiefe des Fensters zu zittern begann. Für einen Moment wurde es still. In diesem Moment fletschte Helenka die Zähne und knurrte, wie das Sobaka immer getan hatte, wenn er einen Fremden erblickte.

Man konnte Hunde hören. Das waren wohl die, die den zum Arrest gehörenden Platz in der ulica Partyzantów bewachten. Sie kläfften jede Nacht und am frühen Morgen. Geifernde Schnauzen und Fangzähne. Große, dreieckige Schädel. Wolfshunde oder Rottweiler. Die Pokorowa hatte einmal im Fernsehen einen Dokumentarfilm gesehen, wie solche Hunde einen Autodieb zerfleischten. Sie zogen ihn von einer Umzäunung herunter und verbissen sich in seiner Kleidung und seinem Körper. Der Mann versuchte sie wegzustoßen und aufzustehen, doch die drei unförmigen Leiber drückten ihn gegen den Boden. Wenig später war er tot, und trotzdem zerrten die Hunde noch eine ganze Weile am reglosen Körper, der aussah wie eine achtlos hingeworfene Schaufensterpuppe. Daran dachte die Pokorowa, als Helenka zu Boden fiel.

Bei den Chmaras starrte Łukaszek in die Glut des Ofens. Der Vater pfuschte so viel bei fremden Leuten, dass er keine Zeit hatte, bei sich zu Hause Heizkörper zu installieren. Deshalb musste er wieder mit Kohle heizen, obwohl er sich schwor, nächstes Jahr würden sie Heizkörper haben und basta. Łukaszek beschwerte sich nicht, dass es keine Zentralheizung gab, er starrte in die sich verändernden orangegoldenen Kleinodien der Wärme. Seine Augen glänzten und wurden fast glasig vor Tränen, sie waren vom vielen Schauen ganz starr geworden. Er wusste, dass der Vater im nächsten

Moment alles mit einer neuen Lage Kohlen bedecken würde, und dann würde es prasseln, und der Rauch würde zwischen den schwarzen Brocken durchziehen und, angesaugt vom Zug des Kamins, über das Dach geworfen werden, wo der Wind ihn verwehte, damit er seinen Gestank verlor. Doch einstweilen war alles noch schön und warm im Gesicht und bunt vor den Augen. Die kleinen Flämmchen zuckten wie hüpfende Hanswurste, und es war lustig, ihnen so beim Fangenspielen zuzusehen. Doch gleich wird der Vater neue Kohlen einwerfen, und alles wird vorbei sein. Daher streckte Łukaszek die Hand nach den blitzenden und warmen Schätzen aus, um ein paar von ihnen vor der Vernichtung zu bewahren.

Im selben Moment brach das Feuer aus. Am Ende der Straße brannte Cegielskis Bude. Viele liefen hin, um zu helfen. Die Chmarowa blieb mit dem weinenden Łukaszek zu Hause. Bevor die Feuerwehr kam, erhellte der Brand mit seinem bunten Federbusch die ganze Umgebung. Die Cegielska mit den Kindern am Arm starrte stumm in das zuckende Element. Cegielski war nicht bei ihr, und sie hatte nicht die Kraft und den Mut, irgendetwas aus dem Haus zu tragen. Durch die offene Tür sah man den brennenden Schrank und auf diesem den alten Koffer mit ihrem Hochzeitskleid, das die Mutter genäht hatte, und die Familienbilder aus der Zeit vor dem Krieg und noch früher. Und alle Tischtücher, die sie zur Aussteuer mitgebracht hatte. Sie sah auch, wie die Bilder mit den Porträts der Eltern und mit den Blumen von den Wänden fielen. Was sie nicht sah, konnte sie sich vorstellen. Die Kleidung und das Spielzeug der Kinder, die von der Hitze geschwärzten Töpfe, zerspringende Gläser und Teller, die sich schälende Tapete, die sich gewiss zu aschfarbenen Scharten ringelte. Im Feuer zerbarst etwas, und die Cegielska begann zu zittern. Sie verspürte Leere und das Gefühl, dass da nichts mehr war. Dann spritzte aus den geschwollenen Feuerwehrschläuchen Wasser, und ein Zischen erfüllte die ganze Umgebung.

Das Licht wurde am frühen Morgen wieder eingeschaltet, als die Sonne ihre Überlegenheit gegenüber den konkurrierenden Lichtquellen unter Beweis stellte.

DER RAT

Pokora hatte einen Sohn, denn von irgendwem musste er ja Helenka haben. Eines Tages war der Sohn herangewachsen, und ein Schnurrbart begann unter seiner Nase zu sprießen. Mit einem Mal schaute er den Mädchen ein wenig anders nach. Die Pokorowa ließ ihn nicht aus den Augen. Am Ende ertrug sie es nicht länger, und als Pokora von der Arbeit kam, zog sie ihn in die Küche. Sie flüsterte ihm etwas ins Ohr. Pokora war mit etwas nicht einverstanden, doch am Ende gab er nach. Durch die Tür konnte man sein versöhnliches »ist schon gut, ist schon gut« hören.

Er kam aus der Küche und rief den Sohn ins Esszimmer. In der Zwischenzeit goss die Pokorowa Tee auf und legte Kekse auf ein Tablett. Vater und Sohn setzten sich. Der Sohn begriff, dass etwas Wichtiges bevorstand. Der Vater war selten so verlegen gewesen. Als die Pokorowa gerade mit dem Tee und den Keksen auf dem Tablett ins Zimmer trat, hob Pokora an.

»Mein Sohn, was soll ich viel Worte machen. Ich sag dir das, was mir schon mein Vater gesagt hat, als ich heranwuchs.« Er holte tief Luft und sagte: »Mein Sohn, denk daran, mit dem Feuer und mit dem Schwanz spielt man nicht.«

»Jesus Maria!« rief die Pokorowa, und das Tablett, das sie eben auf den Tisch stellen wollte, fiel ihr aus der Hand.

Er stand mit Mühe auf und zog die zu kurzen Hosen an. Alle Hosen waren ihm zu kurz und reichten nur bis zu den Knöcheln. Die Ärmel der Röcke bedeckten nicht die Handwurzeln. Er war zu groß und zu dünn für den landesweiten Durchschnitt. Er roch unangenehm aus dem Mund. Aus dem schmutzigen Spiegel sah ihn ein müdes Gesicht an. Im Kopf steckte eine schwere Kugel. Er kämmte die Haare nach hinten und sah aus dem Fenster. Es versprach ein schöner Tag zu werden. Die Menschen gingen zur Arbeit. Einige zur Haltestelle, die übrigen, sei es aus Sparsamkeit oder weil sie es nicht weit hatten, beschleunigten die Schritte und verzichteten auf den fragwürdigen Luxus, den der städtische Verkehr bot. Er stützte die Stirn gegen die Scheibe. Er wusste schon, was er heute machen würde. Er würde nach Ustka fahren, billigen Obstwein trinken und Verse schreiben. Er hatte schon lange nichts mehr geschrieben, sehr lange. Er hatte keine Zeit, denn er trank. Manche nannten ihn einen Dichter, vor allem die Säufer, mit denen er trank. Diejenigen, die ihn nicht so nannten, wussten nicht einmal, dass so etwas wie Poesie existierte.

Im Laden an der Ecke kramte er mit Mühe das Geld für eine Flasche vom Billigsten zusammen. Die junge Verkäuferin schaute auf seine hageren, zitternden Hände. Sie sagte nichts, als sie das Kleingeld entgegennahm. Sie lächelte nicht, als sie ihm den Wein reichte. Er wollte etwas sagen, dass es schön ist, dass die Wolken in der Sonne verschwimmen und dass der ganze Tag strahlend hell sein wird, doch er verzichtete darauf. Ihm tat immer noch der Kopf weh.

An der Haltestelle war kein Mensch. Antoniuk öffnete den Wein und trank auf einen Zug ein Drittel der Flasche. Das belebte ihn. Sein Gehör und Blick wurden schärfer. Seine Gestalt straffte sich. Er musste nicht mehr sitzen. Er stand auf. Die Flasche in der Innentasche des Rockes schmiegte sich angenehm an die Brust. Er nahm Details wahr. Ein Kind lief an ihm vorbei, mit einem Ranzen über einer Schulter, es stolperte und wäre beinahe gefallen. Es streckte die rechte Hand aus, um den Sturz abzufangen, doch das war nicht nötig, denn die kurzen Beinchen zappelten noch rascher als zuvor, und es gelang ihm, einen Sturz zu vermeiden. Eine junge Mutter rief etwas in einen Kinderwagen, und eine kleine, rosige Hand streckte sich nach ihr aus. Das Kind weinte laut. Der Händler vom Gemüseladen auf der anderen Straßenseite stand im Eingang und rauchte, sichtlich angeekelt, eine Zigarette. Der Autobus kam. Er war beinahe leer. Antoniuk stempelte keine Fahrkarte, weil er nie eine kaufte. Er setzte sich ans Fenster und schaute auf die Straßen der Stadt. Gebäude mit abgeschlagenen Gesimsen. Nun waren die Mauern glatt und unterschieden sich nur durch die Farbe oder den Mangel an Farbe. Dafür glänzten die Scheiben von den sich reflektierenden Sonnenstrahlen und erhellten den über Nacht feucht gewordenen Asphalt. Außerhalb der Stadt roch es nach Straße und Feldern. Irgendwo brannte eine Wiese, der Geruch des Rauches wehte in den Autobus. Die Nüstern sogen gierig die Erinnerung an Lagerfeuer ein, an unschuldige, noch ohne Wodka und besoffene Weiber. An Feuer mit gebratenen Kartoffeln, vergraben in summender Glut, und mit gebratenem Brot, das für gewöhnlich vom Stock fiel, und mit gebratener Wurst, wenn man Glück hatte.

Als er in Ustka ausstieg, lief er sogleich zum Meer. Der Beton der Mole war feucht, in den Ritzen stand Salzwasser. Antoniuk war glücklich. Der Wein beschleunigte seinen Herzschlag, der Wind zauste an der geschniegelten Frisur.

Antoniuk versuchte immer wieder die Haare zu glätten, schließlich lachte er über sein Bemühen. Trotz der Sonne war es kalt. Der Sommer ging zu Ende, der Strand war leer, nur von Zeit zu Zeit kam er an einer Jacke oder einem dicken Pullover vorüber. Antoniuk ging und ging. Die regulierte Schräge der Promenade ging über in hohe, steile Felsen, von denen aus man auf krumme Bäumchen hinunterschaute. Das Meer blieb unverändert. Er setzte sich so nahe, dass ihm die Wellen die Sohlen waschen konnten. Der Puls, beschleunigt durch den Alkohol im Blut, glich sich dem Rhythmus der Wellen an. Antoniuk sah sich um, vor sich, hinter sich, er legte sich auf den Rücken und starrte in die Wolken. Möwen hingen reglos über ihm. Er formte einen Vers, und er wusste, dass er ihn mit den Worten beginnen musste: »Die Schönheit dieses Ufers erfordert Opfer.« Er war nicht sicher, ob er das nicht irgendwo gelesen hatte, doch das war jetzt ohne Bedeutung. Die paar Worte erfüllten ihn tiefer als das glücklichste Besäufnis.

Jemand näherte sich. Einige Personen. Jung und sehr betrunken. Sie stürmten mit wildem Geschrei auf ihn los. Sie begannen ihn mit Füßen zu treten, wohin sie konnten. Er rollte sich zusammen, um Gesicht und Bauch zu decken. Er bekam Tritte in die Nieren. Der Schmerz krümmte seinen Körper, er war nicht imstande, diesen Krampf zu ertragen. Dann bekam er ein paar in den Bauch. »Nur nicht in die Eier«, dachte er, und eine Sohle zerschrammte seine Stirn. In seinem Kopf zerplatzte etwas rot. Antoniuk wusste, wenn er das Bewusstsein verlor, würden sie ihn weiter treten. Etwas sagte ihm, er müsse sich losreißen. Sein ganzes bisheriges Leben hatte er Kräfte für diesen einen Moment aufgespart. Später wusste er nicht mehr, wie ihm das gelungen war. Er flüchtete, bis ihm die Schuhe von den Füßen fielen. Sie verfolgten ihn, doch als sie die Schuhe sahen, gaben sie auf. Sie machten Witze. Antoniuk kletterte auf die Felsen. Die Zweige, nach denen er griff, brachen. Er rutschte nach unten, doch unten, am Fuß der Felsen, warteten sie, und er wusste, dass er nicht fallen durfte. Am Ende griff er nach rauem Gras und zog sich nach oben. Seine Hände waren zerschnitten, das Gesicht geschwollen, aus der Innentasche der Jacke holte er zerbrochenes Glas. An den Glassplittern haftete ein fermentierter Geruch wie aus einer Schnapsbrennerei. Er verspürte Schmerzen. Überall. Er weinte nicht. Er wollte daran glauben, dass er etwas geschaffen hatte, was eine Bestätigung der Wirklichkeit war.

DIE MALER

Die Gebäude waren bis zum zweiten Stock hinauf bemalt. Höher hatte die Leiter nicht gereicht. Diejenigen, die gemalt hatten, erklärten später, sie hätten in dieser Gegend keine dreistöckigen Gebäude erwartet. Überhaupt war die ulica Długa ja auf den Stadtplänen seit mehr als zehn Jahren nicht mehr eingezeichnet. Die Maler konnten auch nicht erklären, warum sie überhaupt hierher gekommen waren.

Die Zeit spielte keine Rolle, die Fläche auf dem Stadtplan war von der Wirklichkeit verfälscht worden. Gebäude waren dort zu sehen, wo sie nicht sein sollten. Zur Hälfte erneuert, die andere Hälfte obskur und unansehnlich. Keine Ausbesserungen konnten am Abblättern der Farbe und des Verputzes etwas ändern. Die vertrocknete Hülle des abblätternden Materials konnte keine allgegenwärtige Jugend vortäuschen.

Diejenigen, die die Straße neu bemalt hatten, hatten nicht viel übrig für sie. Bläuliches Rosa mischte sich mit billigem Violett und verblasstem Gelb. Flächen unregelmäßig aufgetragener Farbe bildeten Gerinnsel und Flecken. Risse überzogen die Oberfläche der Mauern. Das ermutigte nicht gerade zur Arbeit.

Und doch fanden sich Leute, die sich berufen fühlten. Auf den erneuerten Wänden tauchten Inschriften auf. Mit Sprayfarben wurden Losungen hingesprüht, wovon eine – »WILLKOMMEN IM LAND, WO EIN FREMDER UMKOMMT« – eine suggestive Einführung in die Sitten der Straße darstellte. Wenn Gustaw Chmara von einem Besäufnis zurückkam und es nicht rechtzeitig nach Hause schaffte, entleerte er sich oft beim großen Abfallcontainer. Dieser stank nach verfaulten Äpfeln, trockenem Kalk und einer Mischung aus verrottetem Aas und von Lauge zerfressenen Fetzen. Der Schatten des Gebäudes verbarg ihn vor dem Licht und der Welt. Gustaw Chmara las mit befreitem Gesichtsausdruck immer wieder dieselbe Aufschrift, die auf dem Mistbehälter stand, seit er sich erinnern konnte: »NEHMT UND ESST ALLE DAVON.« Er vermochte den Sinn nicht zu begreifen und den Text nicht richtig einzuordnen, bis er die Erstkommunionsmesse seines jüngeren Sohnes besuchte. Als er dort die Worte Gottes hörte, erinnerte er sich an seine schwerfällige Heimkehr durch die schwankende Stadt, an das rasselnde Grollen in seinen Lungen und den Glauben daran, es bis zum Mistbehälter zu schaffen und dort Ruhe zu finden, die Inschrift zu lesen, zum Ausgangspunkt zurückzukehren, nachzudenken und etwas vom Leben zu verstehen. Und später würde er die Tür öffnen und ins Zimmer torkeln, und seine Frau würde ihm mit vorwurfsvollem Blick beim Ausziehen helfen, und er würde ins warme Licht der Nachttischlampe schauen und im Halbdunkel die einen Spalt breit offene Tür sehen, hinter der seine Söhne und die Tochter ruhig atmeten.

Etwas anders war das bei Globus. Er heftete soeben den

Blick auf das Gebäude auf der anderen Straßenseite. Keiner stand im Stiegenhaus, keine der Cebulas streckte ihren Hurenleib, die jungen Burschen zankten sich nicht, die Bengel waren irgendwohin verschwunden. Die Situation war zu normal, um über die Aufschrift auf der gegenüberliegenden Wand zu sinnieren, doch was blieb ihm anderes übrig. Er zündete eine Mocne an und las stockend die silbernen Lettern: VER–ZICHTE … in den Lungen machte sich der Rauch ein Nest … DAR–AUF … eine Explosion schwindelnder Erleichterung … AL–TER … der nächste Ruck … DIE WÜR–MER … ein Krabbeln in den Nüstern … ÜBERLEBEN ALLE. Hier begann es ihn für gewöhnlich zu würgen, ohne dass er wusste, warum. Das ging ihm auf die Nerven, und dann erinnerte er sich, wie früher einmal alle Gebäude grau gewesen waren, ohne Kritzeleien, alle gleich, ohne Unterschied. Man war durch die Straße gegangen, und nichts hatte die Gedanken abgelenkt. Alles war gleich, monoton und schön. Ach, wie schön das war, als alle Gebäude grau waren, und die Maler alle nach demselben Muster arbeiteten und die Leute sich keine Dummheiten ausdachten.

So erinnerte sich Globus, die Zigarette verbrannte ihm die Finger, die Maler beendeten mit einer geraden Linie ihr violett-gelbes Werk auf der Höhe der Fenster im zweiten Stock, und ehe noch die Farbe getrocknet war, verkündete schon die Konkurrenz auf den frisch bemalten Wänden der Welt ihre Denunziationen. Das zeugte von einer ungeschriebenen Symbiose, und die Sonne bestätigte abwechselnd mit dem Mond das Ritual der Veränderungen.

Die Mutter sah alles durch die Fensterscheibe. Obwohl man meinen konnte, sie betrachte eine Fliege, schaute sie aufs Fenster, genauer auf die Scheibe, in der sich die Konturen der Schwester spiegelten, die ihren Bruder mit dem Messer stach. Auf die Mutter machte das jedoch nicht den geringsten Eindruck, vor allem weil die verwischten Gestalten auf der Scheibe mit den Eindrücken aus dem Krieg verschmolzen, an die sie sich viel deutlicher erinnern konnte als an die Ereignisse, die eben erst geschehen waren.

Sie erinnerte sich an ihre Freundin, eine Ukrainerin mit dunkelblauen Haaren, und dicken, schönen Brauen. Sie war sehr mutig und lachte über alles. Sie schälten gemeinsam Kartoffeln, bis die Finger anschwollen, doch mit der Ukrainerin machte das Spaß. Sie hatte keine Angst vor den Deutschen, und weil sie allen Männern gefiel, machte sie sich lustig über sie, und sie ließen ihr das durchgehen. Zum Beispiel über diesen jungen Deutschen, von dem sie wusste, dass er sie gern haben wollte, doch er war zu gut erzogen, um sie einfach zu nehmen. Sie ging in den Keller, legte einen Sack zur Tür und schraubte die Glühbirne heraus. Sie fand den Deutschen, wie er sich in der Küche herumtrieb und jemanden schimpfte. Sie klapperte mit den dichten und langen Wimpern und sagte, der Sack sei ihr zu schwer, ob er ihr nicht helfen könne. Natürlich war der Deutsche gern dazu bereit. Doch das Licht ging nicht an, und als er nachsehen wollte, was mit der Glühbirne war, stieß er gegen den Sack, warf ihn um und fiel selber drüber. Er stürzte in die herauskollernden Kartoffeln. Ihm entfuhr ein »Scheiße!« Weil er sich jedoch zu benehmen wusste, verstummte er sofort, und obwohl sie leise kicherten, hi, hi, ho, ho, schenkte er ihnen keinen Blick, sondern klopfte seine Uniform ab, das Gesicht rot bis an die Haarwurzeln, ging an ihnen vorbei und befahl ihnen, die Kartoffeln zusammenzuklauben. Seit damals mied er die Ukrainerin, obwohl sie so schön war.

Das war der erste und letzte Mann, an den sie sich erinnern konnte, der sich schämte und sie nicht nahm, wenn er Lust dazu verspürte. Vielleicht war er so, weil er zu jung war, vielleicht hatte er noch keine Frau gehabt? Andere schämten sich nicht und nahmen die Frauen, wenn ihnen danach war. Etwa damals, als die Russen kamen und man sich im Keller verstecken musste, vergraben in der Erde, wo man bleiben musste wie eine Leiche, bis sie wieder fort waren.

Sie wollte sich noch mehr in Erinnerung rufen, aber außer daran, dass sie Knoblauch gegessen hatte, damit ihr die Zähne nicht ausfielen, konnte sie sich an nichts erinnern. Sie sah noch ihren Mann vor sich. Sie waren sich in Jarosław begegnet. Auch er war von der Arbeit aus Deutschland zurückgekommen, wo er täglich ungefähr dreißig Kühe melken musste, und als sie ihn zum ersten Mal sah, hatte er noch unnatürlich geschwollene Finger. Aber er war kräftig und schön, er sprach nicht viel und liebte sie aufrichtig. Ihm hatte sie es zu verdanken, dass sie sich nicht mehr für ihr linkes Auge schämte, mit dem sie etwas schielte. Er sagte auch, ihre Brüste seien schön und gerade richtig, während sie meinte, sie seien zu groß, doch seit er ihr gesagt hatte, sie seien gerade richtig, waren sie nicht mehr zu groß. Sie nährte damit ihre Kinder, viele Kinder, und die waren schön und zart. Sie wuchsen wie Hefekuchen, wurden immer größer, und sie wusste nicht, wie es geschah, dass der Sohn sie schlug und die Tochter ihr ins Gesicht spuckte.

Jetzt aber war das längst ohne Bedeutung, vor allem weil sie nicht mehr sicher war, ob das, was sie erlebt hatte, wirklich ihr Leben war und nicht ein Film, den sie im Fernsehen gesehen hatte. Aber auch so verstand sie die Worte nicht, die sie von Zeit zu Zeit in ihrem Kopf vernahm. Sie steckte in dieser Welt ohne Bilder, nur mit Tönen. Sie war beunruhigt, weil sie sich so wohl gefühlt hatte wie jetzt. Erst nach einer Weile ... Sie war verwundert, dass sie sich selber sah, ohne in den Spiegel zu schauen. Es tat ihr nicht Leid um ihren Körper, denn er sah aus, als rieche er schlecht. Sie spürte jetzt keinerlei Last mehr. Sie konnte befreit denken, ohne Hindernisse und Verdunkelung. Bis zu dem Moment, da ... So etwas hatte sie noch nie gesehen, doch sie empfand keine Furcht.

MUTTERS TRAUM

Sie konnte sich wieder bewegen und war jung, doch ein kleiner, bösartiger Junge störte sie. Er versuchte sie zu Boden zu werfen, und sie wusste, dass er ihr die Augen ausdrücken wollte. Sie war stärker, doch er war flinker und sehr hartnäckig. Sie wurde rasch müde, und er versuchte die ganze Zeit, sie umzuwerfen. Sie fiel, und da sprang er ihr ins Gesicht, und aus seinen Fingern schossen die Krallen eines Raubvogels.

JUNGE BURSCHEN

Sie bestritten ihren Lebensunterhalt durch Diebstähle, allerdings patriotische. Das heißt, dass sie nach Deutschland fuhren, wo sie sich für das Unrecht rächten, das die Deutschen den Polen während des Krieges angetan hatten. Sie betrachteten sich nicht als Diebe, und die Leute nannten sie Jumaki, weil die Burschen nicht klauten, sondern jumten.

Keiner wusste, worin der Unterschied bestand, außer dass die Burschen nicht im eigenen Land klauten. Dort aber, in Deutschland, nahmen sie alles mit. Schamlos, ohne sich viel zu scheren. Von Zahnbürsten über Brillenfassungen bis zu Fernsehgeräten. Manche waren spezialisiert auf bestimmte Waren, weil sie wussten, wie sie die beschaffen konnten und einen sicheren Absatzmarkt besaßen. Żaba zum Beispiel.

Er begann mit Videorecordern und Magnetofonen. Er ging einfach in den Laden, nahm das Gerät vom Regal und ging hinaus. Wenn sie ihm nachliefen, beschleunigte er seine Schritte, und sie hatten das Nachsehen. Er brachte es zu einer solchen Perfektion, dass er das Hotel, in dem er wohnte und die Mädchen bumste, in Schlapfen und Schlafrock verließ, eine Zeitung vom Ständer vor dem Kiosk nahm, die er freilich nach ein paar Schritten wieder wegwarf, weil er nicht gut deutsch lesen konnte, in einen Lebensmittelladen ging, wo er für nichts bezahlte, seelenruhig hinausging und sich sogar wunderte, dass keiner einen jungen Burschen in Schlafrock und Schlapfen aufhielt.

Später verlegte er sich auf Parfums und Brillenfassungen. Diese scheinbare Degradierung brachte ihm freilich größere Profite ein als die elektronischen Geräte, die sich schlechter und in geringerer Zahl verkauften. Außerdem gab es bald keinen Haushalt mehr, der keine Geräte besaß. Für die Parfums hingegen fand Żaba ständig Kunden. Von ihm kauften Huren und Hausfrauen, weil die Preise dreimal niedriger waren als im Laden, und die Parfums waren Markenwaren und nicht irgendwelche billigen Kopien. Vor den Feiertagen stieg die Nachfrage nach Kosmetikartikeln. Dann waren auch die Diebstähle leichter, weil überall Gedränge herrschte. Brillenfassungen gingen kartonweise weg. Dank Żaba und seinen massenhaften Lieferungen konnte ein Optiker neben seinem

Laden im Zentrum noch drei weitere in anderen Städten eröffnen.

Żaba war der geborene Anführer. Er bekam das Geschäft rasch in den Griff und hatte bald ein paar junge Burschen unter sich, die es nicht schafften, auf eigene Faust Geschäfte zu machen, und jemanden brauchten, der sich um sie kümmerte. Sie brauchten jemanden wie Żaba, der seit dieser Zeit Zigarren in den teuersten Restaurants rauchte. Die Zigarren schmeckten ihm nicht, aber man sah toll aus mit so einer Zigarre.

Manchmal drehten die Jumaki durch. Sie hatten Autos und lieferten sich damit Rennen durch die ganze Stadt. Es kam vor, dass sie um den Park kreisten, und das Heulen der Motoren, von den um den Park stehenden Gebäuden noch verstärkt, trieb die menschlichen Kreaturen zusammen, die sich beim ausgetrockneten Springbrunnen oder im Schatten der großen Eiche erholen wollten. Doch keiner wagte es, die Jumaki anzugreifen, denn sie waren stark. Mit der Zeit wurden sie von der Mafia aus der nächsten größeren Stadt aufgesaugt, die die Diskothek Miami regierte, und das bedeutete zugleich den Aufstieg der jungen Burschen aus der Długa. Natürlich nicht für alle, nur für die mit Köpfchen, solche wie Żaba. Die Wichser blieben zurück und gerieten in Vergessenheit. Die Schlauen hingegen hatten es sich gerichtet. Sie tranken keinen Wodka mehr, Wodka war was für Schweine. Sie besuchten modische Bräunungsstudios. Sie hatten die besten Amphetamine und Koks bei der Hand. Und wenn jemand Heroin haben wollte, dann bekam er Heroin. Sie standen nicht mehr in Stiegenhäusern herum. Dafür war keine Zeit. Beschäftigt mit dem Handel und höheren Ideen, merkten sie nicht, wie ihre Muskeln schlaff wurden und ihr Blick stumpf.

Es gab auch Fans. Die wurden angeführt von Mucha. Er

war nicht groß, hatte jedoch unglaublich breite Schultern. Als er noch ein Junge war, hatte sein Vater ihn angeblich gebeten, sich vor dem Spiegel neben ihn zu stellen. Mucha erschrak, dass es nur mehr wenig brauchte, bis er den Vater überragen würde. Von jenem Zeitpunkt an wuchs er keinen Zentimeter mehr, dafür dehnten sich seine Schultern zu einer Breite aus, wie sie keiner sonst in der Stadt besaß, vielleicht nicht einmal an der ganzen Küste. Um die Schultern spannten sich runde Muskeln, die er in der Kraftkammer antrainiert hatte. Ihren Umfang verdankte Mucha allerdings vor allem Anabolika.

Er führte einen Trupp junger Leute an, die sich gern prügelten, und obwohl es zum Prügeln keine Idee braucht, gehörten sie zu denen, die gern eine Idee gehabt hätten. Daher prügelten sie sich für einen Fußballklub. Sie hatten allerdings ein Problem: Der Klub »Gryf« kam nie über die dritte Liga hinaus, und sogar das war manchmal zu viel, und die Kicker stürzten ab in die Kreisliga. Zu den Spielen kamen nicht viele Zuschauer, eher nur eigene Leute. Fremde waren selten da, weil sie wussten, dass sie Prügel bezogen, wenn sie sich blicken ließen. Insgesamt war es langweilig, und es passierte nicht viel, vor allem weil die Burschen von »Gryf« oft über die eigenen Füße stolperten. Es ist nicht leicht, gut zu spielen, wenn man vorher in der Kabine einen gehoben hat.

Die Fans blieben der Idee des Prügelns treu, wenn nicht auf dem Spielfeld, dann fand sich immer irgendein Abfall auf der Straße. Und wie es mit dem Abfall nun einmal ist, der muss weggeräumt werden. Also räumten sie ihn weg. Mucha führte sie an. Aber Mucha war nicht so dumm, wie er aussah. Er wollte sich nicht mit der Straße begnügen. Er hatte höhere Ambitionen. Er spürte, dass seine Muskeln etwas wert waren. Er fand einen Job als Türsteher in der Cechowa. Es genügte, dass er in der Tür stand und mit seinen Schultern den Eingang versperrte. Viele versuchten vorbeizukommen, doch es gelang ihnen nicht. Einer ritzte Mucha sogar von hinten mit dem Messer. Mucha spürte, dass ihn etwas stach, in der Seite. Er drehte sich seelenruhig um und brach dem Delinquenten das Kiefer, so dass dieser für die nächsten Monate die Nahrung durch einen Strohhalm aufnehmen musste, wodurch er abmagerte, an Kräften verlor und nie mehr zur alten Form zurückfand. Ein Grund dafür war das Trauma, das er bei der Begegnung mit Mucha davongetragen hatte. Viele trugen nach einer Begegnung mit Mucha ein solches Trauma davon. Nur Żaba kam an Mucha vorbei, ohne gesundheitlichen Schaden zu nehmen, obwohl er ihn extra mit der Schulter anrempelte. Sie stürzten sich nicht aufeinander, sondern nickten einander nur zu. Das war ein Zeichen gegenseitiger Achtung, obwohl sich Żaba in seinem tiefsten Inneren Mucha überlegen fühlte, und Mucha spürte tief drinnen, dass er sich gern in Żabas Gesellschaft aufgehalten hätte, wenn auch nicht unbedingt als Untergebener, aber wenn es sein musste, dann sogar als Untergebener. Und so kam es tatsächlich. Eines Abends unterbreitete Żaba Mucha den Vorschlag, für ihn zu arbeiten. Er sollte ihn gegenüber Stärkeren beschirmen und schützen. Mucha war einverstanden, und von diesem Zeitpunkt an waren die Fans ohne Führer. Er war der Ansicht, er sei avanciert, sie hingegen betrachteten ihn als Verräter.

Der neue Rädelsführer der Fans war grenzenlos dumm, aber auch grenzenlos kräftig. Er interessierte sich nicht für Fanzeitungen, die junge Leute in Polen herausgaben, denen außer ihren Fußballklubs auch noch ihre Fäuste wichtig waren. In diesen Zeitungen gab es Meldungen über die Verluste unter den eigenen Leuten und unter den Arschlöchern, wie viele Wichser man fertiggemacht hatte, obwohl dort »Wixer« geschrieben stand. Das war wirklich interessant. Die Burschen von »Gryf« wollte auch eine eigene Zeitung, sie hatten sogar schon einen Titel: *Huligans – Gryf*. In der Ära von Mucha erschien tatsächlich eine Ausgabe, in der über das freundschaftliche, weil unblutige Spiel gegen »Jantar« berichtet wurde, und über die schwere Schlacht gegen die Fans von »Arka«, die mit einer Stärke von hundert Baseballschlägern zum Sparringmatch in der Stadt auftauchten, aber die Anhänger von »Gryf« waren noch besser vorbereitet. Sie waren auf eigenem Boden, und es kamen viele zusammen. Auf einen Hurensohn von »Arka« kamen drei Burschen von »Gryf«. Es gab ein Blutvergießen, aber sie errangen den Sieg, obwohl »Gryf« auf dem Spielfeld gegen »Arka« eins zu fünf unterlag. Leider war der neue Führer ein Analphabet, daher war an eine neue Ausgabe der Zeitung gar nicht zu denken. Die Idee der Verbreitung der Kultur zog gegen die brutale Kraft eindeutig den Kürzeren, was die Veränderungen im Verhalten der jungen Burschen bestätigte.

Doch es gab nach wie vor Leute, die von keiner Veränderung betroffen waren. Sie standen in den Treppenhäusern herum. Sie rauchten Zigaretten und tranken Wodka, den billigsten, oft selbstgebrannten. Sie bestahlen die eigenen Leute, die Mutter, den Vater, die Leute vom Viertel. Sie saßen einige Zeit wegen Einbruchs in der Partyzantów ein und kehrten dann wieder auf die Straße zurück. Ihr Ritual unterlag keinen Veränderungen. Sie hielten fest an ihrem Lebenswandel wie Fossile, erstarrt und unverrückbar. Sie sahen keinen Ausweg aus der Lage, in der sie sich befanden, weil sie nichts anderes kannten. Sie säuberten aus Langeweile und nicht für ein Ziel die Straße von der Zigeunerscheiße, wie sie ihre Prügeleien mit den Zigeunern gern nannten. Aus Langeweile stänkerten sie auch eigene Leute an. Zum Beispiel Siwy, der mit drei anderen den betrunkenen Bielas mit Tritten traktierte, weil sie irgendwann einmal eine Flasche mit ihm geteilt hatten, ohne dass er sich dafür revanchiert hätte. Sie lauerten in den späten Samstagstunden ihren Opfern auf, die aus dem Monopolladen kamen, eine Flasche unter der Jacke. Sie kamen immer auf ihre Rechnung, vor allem weil sie wussten, wen sie angehen mussten. Einmal kam ihnen Chmara in die Quere. Als ihn Siwy mit seinem Jungenlächeln anging, ob er nicht etwas für ihn und seine drei Kollegen übrig habe, die ein paar Schritte weiter standen, einen Gratisschluck oder ein paar Groschen, entgegnete Chmara seelenruhig, bevor noch seine Kollegen Gelegenheit hätten, die paar Schritte zu tun, würde er ihm schon die Flasche in die Kehle rammen, und dann gäbe es eine Menge Blut und nur einen traurigen Rest von Siwy. Siwy verstand die Anspielung und ließ Chmara respektvoll passieren. Er ließ ihn passieren, weil er zu den jungen Leuten gehörte, die zwar nicht besonders hell waren, aber sich instinktiv auf der Straße zurechtfanden, und er wusste, wenn er auf seinen Instinkt hörte, bekäme er keine Probleme. Mit Chmara aber konnte es Probleme geben, und wer brauchte die schon, wenn man im nächsten Moment ein anderes Opfer finden konnte, das keine Probleme machte.

Die jungen Burschen vom Format eines Siwy verließen nie die Stadt, sie kamen auch nur selten aus dem Viertel heraus. Hier waren sie unter sich, hier kannten sie jeden Winkel und jeden Schatten. Einem Fremden gegenüber, der sich in ihr Gebiet verirrte, kannten sie keine Gnade. Die Zeit kannte freilich keine Gnade mit ihnen. Sie gingen rascher als andere vor die Hunde. Sie hörten sehr rasch auf, jung zu sein. Eines Tages erwachten sie, und außer einem Katzenjammer und fehlenden Kräften hatten sie nichts. Höchstens noch erschöpfte und zerstörte Frauen, die früher alle aus dem Viertel herumgeschubst hatten.

Es kommt vor, dass sie auf dem Markt auch Tauben verkaufen. Daher ging Pokora hin, obwohl es kalt war. Ehe er zu den Taubenzüchtern kam, traf er einen alten Kumpel, den er jedoch nicht vom Militär her kannte. Der Kumpel hatte ein kleines Aquarium ausgestellt, dicht bewachsen mit dunkelgrünen Algen und bis zur Hälfte voll Schlamm. Im Aquarium kämpften sich mühevoll drei Schwertträger und ein Algenfresser durchs Wasser. Der Kumpel erwärmte das Wasser mit einer starken Spirituslampe. Im Wasser steckte das Ende des Schlauchs einer Pumpe, mit der man Matratzen aufbläst. Der Kumpel pumpte regelmäßig, wobei er an einer Poznanskie zog. »Sie brauchen Sauerstoff«, erklärte er Pokora.

Der nickte. »Was hast du da im Wasser?« fragte ihn Pokora.

»Schwertträger«, antwortete der Kumpel.

Pokora beugte sich vor, um besser sehen zu können. Der Kumpel beugte sich ebenfalls vor.

»Aha«, brummte Pokora.

»Siehst du den da?« Der Kumpel deutete auf ein großes Männchen.

»Ja.«

»Der frisst alle Weibchen, die ich ihm hineintue«, informierte er ihn stolz und richtete sich auf, um einen tieferen Zug aus seiner Zigarette machen zu können.

»So schaut er aus«, nickte Pokora.

»Kippen wir einen?« schlug der Kumpel vor.

Neben ihnen beugte sich ein alter Mann ständig zum Boden, um angestoßene Äpfel aufzuheben, die aus einem kaputten Kinderwagen kollerten. Kaum hatte er ein paar aufgehoben, fielen schon die nächsten zu Boden. Jemand wollte ihm helfen, doch der Alte rief, er müsse das selber machen, er mache alles selber. Doch er wurde rasch müde, und es fiel ihm zunehmend schwer, sich zu bücken. Er musste sich setzen und ausruhen. Die Äpfel kollerten um die Absätze seiner Schuhe, als machten sie sich darüber lustig, dass er es allein mit ihnen nicht aufnehmen konnte. Die Schuhe waren mit Spagat zugeschnürt, und der Spagat musste neu geknüpft werden. Doch er hatte nicht die Kraft dazu. Er wartete.

DIE EICHE

Wäre da nicht der ausgetrocknete Springbrunnen gewesen, wäre sie in der Mitte des Parks gestanden. Sie war alt. Sie war hier gewachsen, bevor all die Gebäude und die Schule errichtet und rund um sie herum die Parkanlagen angelegt wurden. Sie wuchs aus der Erde wie ein verzweigter Knochen. Groß und hart. Sie hatte so manches gesehen, doch nun gab es mehr von allem als in den letzten vierhundert Jahren. Mehr Menschen, mehr Fahrzeuge, mehr Tiere und auch mehr Töne. Sie hatte so manche Frucht hervorgebracht. Die Eicheln fielen auf die Platten des Gehwegs. Sie wurden zerquetscht von den Fahrrädern und den Schuhen der Passanten. Dann quollen aus ihnen die grünen Innereien heraus, und diese verdorrten entweder zu wertlosem Staub oder sie wurden von Vögeln gefressen.

Sie hatte so manche Last getragen. Außer Nestern und Vögeln hatte sie auch Menschen getragen. Einst hatte sie einen verlassenen Liebhaber getragen, der rasch abgenommen wurde. Ein anderes Mal einen Verbrecher, der auf ihr hing, bis die Vögel ihm die Augen aushackten und das Fleisch von den Knochen fiel. Doch am schlimmsten war es, als unter ihr angebliche Vaterlandsverräter erschossen wurden. Die Kugeln drangen durch ihre Körper wie eine Nadel durch Stoff und schlugen in sie ein, als wollten sie noch weiter fliegen. Doch sie war zu mächtig, als dass Kugeln sie durchdringen konnten. Alle blieben in ihr stecken, und sie nahm sie in sich auf. Sie umwuchs sie mit ihrem harten Leib, bis sie verstummten und keiner mehr etwas von ihnen wusste. Außer ihr, doch sie schwieg. Und sie schaute, obwohl sie keine Augen hatte.

Sie sah den torkelnden Chmara, der nach Hause ging, den torkelnden Cegielski, der nicht nach Hause ging, die unter der Last voller Plastiksäcke gebeugten Pokorowa und Chmarowa, den vor sich hin pfeifenden Pokora und den gebückten Kaczewski, den ständig benebelten Pattex, sie sah Hobbit, wie er sich in die Wäscherei stahl und auch manchmal in ihren Schatten legte, ja, und die Cebulas, schön und frisch, obwohl sie immer müder wurden, und sie sah den traurigen Mąka und den breitschultrigen Mucha, und die streitsüchtige Brylska und die Chajkowska mit ihren Kindern, sie sah Kanada an dem Tag, da er, ohne es zu wissen, in den Tod ging, und obwohl jeder von ihnen irgendeinen Namen trug und gewisse Tätigkeiten ausführte, waren sie für die Eiche doch nichts anderes als ewig tote und nie geborene Schatten.

Denn sie war fest verwurzelt an dieser Stelle und war da, sie aber gingen vorbei und kehrten am Ende nicht mehr zurück.

»Schau in meine Augen. Wie sind die?«

»Glänzend.«

»Na eben, Mucha, meine Augen glänzen, weil ich mir soeben eine Line genehmigt hab, die für einen Elefanten genügt hätte. Und weißt du, warum ich das getan hab?«

Nein.«

»Wenn ich nicht schnupfe, dann langweile ich mich, und nach dem Schnupfen langweile ich mich nicht mehr, und es tut mir nichts mehr weh, weder physisch noch psychisch.«

Żaba schaute in den Spiegel und sah offenbar etwas, was er nicht sehen wollte, denn er wandte sich sofort wieder ab. In seinem müden Gesicht zeichnete sich eine ungesunde Erregung ab.

»Sollen wir ein paar Weiber herbestellen? Vielleicht die Cebulas? Wie in alten Zeiten.«

»Ach nein, ich hab heute keine Lust.«

»Du hast nie Lust, Mucha. Was ist los mit dir? Bist du verliebt oder schwul?«

Mucha wurde rot. »Weder, noch«, sagte er heftig atmend.

»Na, werd nicht gleich nervös, ich hab nur Spaß gemacht. Was red ich denn da überhaupt?« Er verstummte. »Willst du vielleicht eine Line?« schlug er vor.

»Nein danke, ich arbeite.«

»Du arbeitest bei mir, und ich biete dir eine Line an.«

»Nein danke, vielleicht ein andermal.«

»Du würdest lockerer werden und mein Selbstgefühl besser verstehen.«

»Ich fühle mich wohl, so wie ich bin.«

»Aha.«

Żaba wanderte im Zimmer umher. Er schenkte sich einen

Whisky ein und mischte ihn mit Sodawasser. Er trank das Glas in einem Zug leer und schenkte wieder ein: ein Glas für sich, ein zweites für Mucha. »Mit Wasser?« fragte er. Mucha wollte nicht ablehnen. »Mit Wasser«, antwortete er.

Sie stießen an und tranken aus.

»Nehmen wir noch einen? Genier dich nicht. Denk daran, dass ich dein Chef bin und Lust habe, mich heute mit dir zu besaufen.«

»Na gut«, willigte Mucha ein. Der Alkohol schmeckte ihm. »Danke«, sagte er, als Żaba ihm das volle Glas reichte.

»Na, und wie gefällt dir die Wohnung?«

»Super. Sehr geschmackvoll und überhaupt.«

»Weißt du, Mucha, warum ich so eine Wohnung habe?«

»Weil du weißt, wie die Dinge laufen.«

»Das auch«, sagte Żaba lachend. »Aber am wichtigsten ist das Köpfchen, weil ohne ein bisschen Hirnschmalz machen sie dich fertig, bevor du noch draufkommst, dass man die anderen fertigmachen muss.«

Er schenkte ein weiteres Glas ein. Mucha trank rasch seine Portion aus, weil er mit dem Chef mithalten wollte.

»Das mit dem Fertigmachen ist natürlich, na, wie soll ich sagen, nicht die ganze Wahrheit. Aber man muss Hirnschmalz haben, und weißt du, was das Hirnschmalz fördert?«

»Nicht wirklich.«

»Gute, saubere Ware aus einer vertrauten Quelle, die dich regelmäßig beliefert.« Er setzte sich ans Tischchen und nahm, nervös mit dem Bein zappelnd, etwas aus der Tasche. Er schüttete den Inhalt des Beutels auf den Tisch. Er teilte das Pulver in gleiche Portionen und fragte, bevor er es schnupfte: »Willst du vielleicht doch was haben?«

Mucha lehnte ab. Żaba zuckte mit den Schultern. Er beugte sich vor und schnupfte. Aus den Augen rannen ihm

Tränen. »Nach so einer Portion kann man eine ganze Nacht und noch einen halben Tag ficken«, sagte er, als ihm der Stoff durch die Stirnhöhlen rauschte. »Aber weißt du was? Heben wir noch einen.« Mucha spürte, wie es sich in seinem Kopf zu drehen begann. Żaba sah völlig nüchtern aus. »Noch einen.« Sie tranken aus.

Sie standen nicht mehr. Sie saßen. Żaba schaltete mit der Fernbedienung eine stimmungsvolle Musik ein und mit dem Selbstanzünder den Ofen. Das Feuer summte leise.

»Weißt du was, Mucha, ich hab keine Freunde. Ich hab das ganze Leben lang Geschäfte gemacht, aber ich hab keine Freunde.«

Mucha schwieg.

»Das musste ich einmal jemandem sagen, ich kann das doch nicht irgendeiner Hure erzählen. Und du arbeitest schon lange bei mir, und einmal hast du wegen mir sogar einen Messerstich abbekommen. Das werde ich dir nie vergessen. Ich sage es dir ganz offen: Als wir uns kennen lernten, habe ich dich nicht besonders gemocht, aber dann ... Übrigens sind seither so viele Jahre vergangen.«

Er goss wieder zwei Gläser voll. Mucha trank in kleinen Schlucken. Żaba schüttete es in einem Zug hinunter.

»Mucha, ich glaub, es steht schlecht um mich.«

»Was redest du da, Żaba?«

»Das ist kein Witz, irgendwas mit der Leber. Die tut mir schrecklich weh, morgen fahr ich ins Spital, nach Danzig. Ich muss fahren.«

»Du solltest nicht trinken und nicht ...«

»Was redest du da, Alter. Das kann mir ja doch nicht mehr schaden. Irgendwas ist da kaputt gegangen. Ganz kaputt. Keine große Hoffnung mehr. Dabei hab ich immer gedacht, mir könne nichts passieren. Nichts ... Nur gut, dass ich noch ein wenig Stoff hab. Ohne den würde ich es nicht aushalten. Und überhaupt es ist es verdammt kalt. Das Feuer wärmt nicht.«

Mucha sah, wie Żaba plötzlich zu schwitzen begann.

»Weißt du was, Mucha, ich bin erledigt. Hilf mir.«

Mucha packte Żaba unter den Achseln, und sie wankten zum Badezimmer. Żaba stürzte zur Klomuschel, und Mucha sah, wie sein Rücken von Krämpfen geschüttelt wurde. Mein Gott, der Kerl schreit wirklich laut, wenn er kotzt.

»Ich bin völlig erledigt.« Żaba setzte sich auf den Boden und stützte den Kopf gegen den Klodeckel. Mucha versuchte nicht zu fallen.

»Und was ich über die Weiber gesagt hab, das war ein Scherz«, hörte er Żabas Stimme wie aus einem Brunnenschacht. »Ich bin wirklich erledigt. Manchmal verlassen den Menschen die Kräfte ...«, Żaba lallte noch, dann schlief er ein. Mucha verließ das Badezimmer. Mein Gott, wie heiß ihm war. Er knöpfte den Kragen auf. Er lief zur Abwasch in der Küche und drehte das kalte Wasser auf. Dann hielt er den Kopf unter den eiskalten Strahl. Er schnaubte wie ein Fohlen. Żaba erbrach wieder. Er musste schon etwas intus gehabt haben, bevor noch Mucha zu ihm kam.

ANTONIUKS TRAUM

Seit Antoniuk in Ustka mit Tritten traktiert worden war, lief er in fast jedem Traum vor jemandem davon. Er blieb nicht stehen, stellte sich nicht Angesicht zu Angesicht, versuchte nichts zu erklären, sich mit ihnen anzufreunden, sondern rannte gleich davon. Und je länger er lief, desto größer wurde seine Angst. Immer musste er sich irgendwie verletzen, und nie hatte er Schuhe. Nur Socken mit Löchern an den Zehen. Die Träume wiederholten sich, und nur die Verfolger änderten sich, und er und die Umgebung. Sonst lief er immer davon.

ZIGEUNER

Rabenschwarzes Haar und schwarze Gaumen, sagte die Pokorowa über sie, doch in der Długa hatte man nichts gegen die Zigeuner. Auch nicht die Pokorowa, obwohl sie so redete. Sie redete eher aus Gewohnheit so daher, das war ihr von den Juden geblieben, über die hatte sie auch so geredet. Aber dass sie so redete, bedeutete nicht, dass sie so dachte. Sie hatte selber einmal eine Jüdin zur besten Freundin gehabt, und jetzt hatte ihre Enkelin die besten Freundinnen unter den Zigeunerinnen.

Helenka spielte mit Balo und Pela, mit niemandem sonst. Sie waren am lustigsten, lachten ständig und hatten schöne schwarze Brauen und lange schwarze Haare. Ihre Mutter bereitete so gute Kartoffelpuffer, dass einem das Fett über die Finger und das Kinn tropfte und man gar nicht aufhören wollte zu essen. Doch Balos und Pelas Mama konnte einem auch Angst einjagen. Wenn sie etwas angestellt hatten, fürchteten sie sich vor diesem Lächeln unter der Hakennase der Mama und vor diesem Finger, der sich befehlend bog, und vor dieser süßlichen Stimme, die sagte: »Kommt zu mir, meine Hühnchen, kommt nur, ich tu euch schon nichts.« Und die Mädchen wussten, dass die Mutter hinter ihrem Rücken in der anderen Hand den dicken Gürtel mit der silbernen Schnalle hielt, und wenn sie sich bis in Reichweite eines Schlages näherten, würde sie wie eine Gottesanbeterin mit diesem Gürtel auf sie losspringen, und wenn es ihr nicht gelänge, sie an der Hand oder an den Haaren oder sonst irgendwo zu packen, dann würde sie zum Schlag ausholen und Gott und ihre verkommenen Töchter verfluchen, die der Mutter nicht gehorchten. Und wenn sie konnte, dann würde sie mit diesem Gürtel auf sie einprügeln, wo sie sie gerade traf, und auf der ganzen Haut würden rote Striemen aufspringen, blutunterlaufen und schmerzhaft, so dass man später Balo und Pela an diesen Stellen nicht anfassen durfte.

Balo und Pela hatten außer der Mutter noch einen Bruder, viel älter als sie und Helenka. Der setzte einmal Sonnenbrillen auf und sagte den Mädchen, mit diesen Brillen könne er alle ohne Kleider sehen. Die Mädchen versteckten sich vor seinem alles durchdringenden Blick, er aber jagte hinter ihnen her und schreckte sie, dass er durch ihre Blusen und Unterhöschen sehen könne. Später, wenn er diese Scherze längst vergessen hat, wird er nach Italien fahren, wo er sein Geld mit gestohlenen Autos und Mädchen verdienen wird. Ein stärkerer Konkurrent wird ihm ein Messer in den Bauch rammen, und für einige Zeit wird er im Sand an der Adria liegen, mit dem Messer im Bauch. Seine Beine werden vor Schmerzen gegen den goldenen Sand trommeln, und ein Film wird seine Augen überziehen, bis sie starr sein werden, und es wird still sein wie vor dem Anfang.

Balo und Pela hatten auch einen Großvater, der mit einem Fahrzeug mit drei Rädern herumfuhr und vorgab, ein Bettler zu sein, daneben fütterte er Tauben mit trockenem Brot. Als er jung war, hatte er eine Frau, die er nicht liebte. Er bespuckte und trat sie, weil sie zu hager war, aber sonst war sie gehorsam. Wenn ihn die Lust packte, beulte sich ihr Bauch aus, und sie sollte einen Sohn gebären. Das war während des Krieges. Sie fuhren auf einem Feldweg, und die Pferde zogen folgsam den Wagen. Alles ringsum war folgsam: die leeren

Felder, der stille, wolkenlose Himmel, und der dicke Bauch der Frau, der einen Sohn ausspucken sollte. Doch dann brummte etwas in der Luft, und ein Flugzeug kam geflogen. Der Großvater von Balo und Pela – er war damals noch jung – dachte nur an sich selber, sprang vom Wagen und versteckte sich darunter. Zuerst stürzten die Pferde schwer, und in diesem Chaos hätte der Wagen leicht umstürzen und den Großvater unter sich begraben können, doch es gelang, den Wagen davor zu bewahren. Detonationen und wegspritzende Holzsplitter zeugten von einem wohlgezielten Angriff aus der Luft. Natürlich war die Frau tot. Aus einer Öffnung im Bauch rannen Ströme klebrigen Blutes. Der Großvater zählte sechs Löcher. Es tat ihm Leid um den Sohn, den er nicht sah.

Der Krieg nahm, doch der Krieg gab auch. Der Großvater traf eine zweite Frau. Die liebte er. Als sich die Lage beruhigte, fanden sie sich in der Długa wieder. Warum ausgerechnet hier? Das ist unwichtig. Wichtig war die Schönheit der zweiten Frau. Schwarze Haare, zu einem dicken Zopf geflochten, und diese Brauen in einer fließenden Linie, ein sicheres Zeichen, dass sie aus einer vornehmen Familie stammte. Die Weiber sagten, sie plustere sich auf wie ein Pfau, aber sie ging nur schön, erhobenen Hauptes und weich, als schritte sie über Gras und ohne zu stolpern, und sie hatte keinen Buckel. Der Großvater, damals noch nicht Großvater, musste sich manchmal wegen ihr prügeln, weil man ihr Geschenke brachte, die auf unstatthafte Ansinnen deuteten. Sie aber versteckte alle diese Ringe gierig für später, für eine schwarze Stunde, für die Familie, die von Tag zu Tag größer wurde, weil sie mit einem Lächeln Kinder gebar, bis sie von all den Geburten dick wurde. Doch sie war immer noch schön, und die Burschen brachten ihr immer noch Geschenke. Der Großvater balgte sich mit ihnen in den Haustoren, und er stahl, damit seine Geschenke besser und teurer waren als die der anderen. Während einer Geburt starb sie. Ein wenig zu früh. Auch für den Großvater war das Leben zu Ende. Doch die Zigeunersippe ließ ihn nicht fallen, und die Leute nickten verständnisvoll mit dem Kopf. Es war traurig, und die Weiber sagten nicht mehr, sie habe sich aufgeplustert, weil sie eine gute Frau war und getanzt hatte wie sonst keine von ihnen. Sie war wie eine Blume, um die es einem Leid tut, wenn sie verblüht.

Mit den Zigeunern in der Długa ging es bergab. Ein paar versuchten etwas zu tun und spielten auf der Harmonika oder Fiedel vor dem Standesamt. Andere bettelten oder stahlen. Die übrigen wanderten wegen Arbeitsmangels in andere Länder aus. Am Ende blieben nur ein paar zurück, und keiner wusste mehr, dass sie Zigeuner waren, so erbärmlich waren sie.

DAS BEGRÄBNIS

Die Mutter ist gestorben. Es war sonnig und warm. Vor der Grube mit dem Sarg standen ein paar Leute. Ältere. Keiner wusste, von wo sie kamen, aber sie hatten die Mutter gekannt. Einige waren gekommen, weil sie zu jedem Begräbnis gingen. Auf diese Weise bereiteten sie sich auf den eigenen Tod vor. Als der Sarg in die Tiefe gelassen wurde, flüsterte eine männliche Stimme ins Ohr einer Frau, etwas jünger als die anderen.

»Wissen Sie, ich habe früher einmal Medizin studiert, und wir hatten Übungen in der Prosektur. Beim ersten Mal machte das auf mich einen starken Eindruck. An das erinnere ich mich bis heute.«

Die ersten Erdschollen fielen auf die Bretter.

»Auf dem Tisch hatten wir einen Arbeiter, der eine Mauer von unten her abreißen wollte. Die Mauer stürzte ein und erschlug ihn. Man musste herausfinden, ob dem Unfall vielleicht ein Herzinfarkt oder etwas Ähnliches vorausgegangen war. Wenn das der Fall gewesen wäre, hätte die Familie den Betrieb wegen Entschädigung klagen können.«

Die Totengräber stachen ihre Spaten in die Erde.

»Sie schnitten dem Kerl den Schädel auf, und die Haut vom Hinterkopf zogen sie übers Gesicht. Man schneidet mit einer Kreissäge und kann den trockenen Geruch erwärmten Knochens spüren. Das Gehirn wird kurz geprüft und weggeworfen. Die schwammige Struktur kann man zu nichts gebrauchen. Wenn nötig, wird der Kerl auch von hinten aufgeschnitten, man schaut das Schulterblatt an, und dann näht man ihn wieder zu, wenn nicht, schneidet man gleich den Brustkorb und den Bauch auf. Den Arbeiter haben sie von hinten aufgeschnitten und von vorn. Der offene Körper stinkt entsetzlich. Bösartige Bakterien fliegen durch die Luft und verwirren das Gehirn. Ich muss zugeben, dass man am liebsten kotzen würde.«

Die Frau wurde bleich. Die Stimme fuhr fort: »Das Brustbein wird durch weiche Knorpel gehalten. Man schneidet es mit zwei Schnitten des Skalpells ab, von der einen und von der anderen Seite. Bei dem Arbeiter wurde kein Infarkt festgestellt, kein Fehler mit Ausnahme einer Säuferleber, aber eine solche Leber hat schließlich fast ein jeder. Sie schauten nach, rauchten eine Zigarette, und dann musste man den Kerl wieder zusammennähen, aber das Brustbein fällt nach dem Abschneiden zusammen. Es darf aber nicht zusammenfallen, denn wie würde ein Toter mit eingefallenem Brustkasten aussehen? Man hat sich daran gewöhnt, dass der Brustkasten stramm ist, und solche Gewohnheiten kann man schwer ändern, und man sollte das auch meist unterlassen. Wissen Sie, was man in so einem Fall mit dem eingefallenen Brustkasten macht?«

»Nein«, würgte die fast schon ohnmächtige Zuhörerin hervor. Die Totengräber wischten sich den Schweiß ab, obwohl es deutlich kühler geworden war und nach Regen aussah. Der Priester murmelte etwas. Er war alt. Zu alt für so eine Vorstellung. Er hatte während des ganzen Begräbnisses befürchtet, es könne zu regnen beginnen, und tatsächlich – schon begann es zu tröpfeln.

»Man packt die ganze Kleidung des Delinquenten hinein und basta. In diesem Fall rollten sie die Arbeitskleidung des Opfers zu einem Bündel und stopften es in den Bauch, und die Stiefel mit den Filzschäften voll Zement und Kalk kamen unters Brustbein. Die Handschuhe passten akkurat in den Schädel. Und dann nähten sie das Ganze fein säuberlich zu. Dann sagen die Leute in der Kapelle, dieser Delinquent sehe aus, als würde er schlafen. Man kann sagen, dass er tatsächlich schläft, allerdings mit den Kleidern in den Eingeweiden.

Die Frau stützte sich gegen einen Baum. »Und das machen sie mit jedem?« Sie hatte keine Ahnung, weshalb sie ihm diese Frage stellte.

»Nein, nur wenn es ein tragischer Unfall war, ein gewaltsamer Tod.«

Die Frau atmete erleichtert auf.

»Ich lasse mich verbrennen«, stellte sie fest.

Der Priester beschloss, dass er von alledem genug hatte. Dass er gehen wolle, weil es zu stark regnete. In der Pfarre erwarteten ihn Tee und ein warmer Ofen und fromme Lektüre und die Katze.

In einer Ecke des Dachbodens war eine Sandkiste. Łukaszek grub oft darin mit seiner Plastikschaufel. Er fand nichts außer Katzendreck, aber er wusste, dass hier irgendwo ein Schatz sein musste. Auf dem Dachboden wurden immer Schätze verborgen. Wenn durch das Fenster das Sonnenlicht fiel, tanzten in seinen Strahlen Staubkörnchen, von denen jedes eine verstorbene Person sein konnte. Die Pokorowa sah das nie. Sie klopfte das Bettzeug aus und legte es gekonnt zusammen, wobei sie sich mit dem Kinn behalf. Die Hände führten geschickt die Ecken des Stoffes zusammen, so dass er nicht am Boden schleifte und schmutzig wurde. Der Staub tanzte und wurde über den Tätigkeitsbereich der Pokorowa hinausgeschleudert und gewirbelt. Er stieg bis zur Decke empor und fiel wieder zu Boden. In diesem Moment atmete Helenka tief die staubgesättigte Luft ein, bis sie zu niesen begann. Sie sah, wie ihr Niesen Tausende kleiner Teilchen zersprengte, die irgendwohin in den Raum jagten und verschwanden. Für einen Moment tanzte kein Lebewesen im Sonnenlicht, doch schon im nächsten Moment stoben wieder Tausende in unkontrollierten Bewegungen durcheinander.

Wenn er nicht voll trocknender Wäsche war, war der Dachboden leer. Die Schlüssel hatten ein paar Familien, daher wurde dort nichts aufbewahrt, was jemand hätte gebrauchen können. Bekanntlich findet sich immer jemand, der dieses oder jenes brauchen kann, vor allem wenn es nicht ihm gehört. Daher wurde auch nicht die bessere Wäsche dort aufgehängt, sondern nur alte. Gab es keine Wäsche, zerschnitten die nackten Stricke den Raum wie das Netz einer ungewöhnlichen Spinne. Der Boden ächzte, und das Dach war an einigen Stellen undicht. Die Tropfen fielen in Blechgefäße, und das klang wie das Klingeln von Glocken. Streifen von Feuchtigkeit an den Wänden und der scharfe Geruch von Schimmel waren Hinweise auf den Hausschwamm. Dagegen sollte man etwas unternehmen, aber keiner unternahm etwas. Wozu auch? Laut Stadtplanung sollten die Häuser an der Długa schon längst abgerissen werden, und an ihrer Stelle sollten eine neue Siedlung oder ein Supermarkt gebaut werden. Aus diesem Grund wurde nichts unternommen. Es zahlte sich nicht aus. Keinem war danach. Es wurde gewartet. Einstweilen trocknete dort an feuchten Tagen die Wäsche. Einstweilen gab es den Dachboden noch, und es war gut, dass es ihn gab.

HELENKAS TRAUM

Helenka schaute in den Spiegel, und das Spiegelbild vervielfachte ihre Gestalt, von der jede folgende um eine Sekunde älter war als die vorige. Sie berührte die Gesichter, und die Hand drang durch und durch, ohne etwas zu berühren. Sie war Luft, doch sie sah sich im Spiegel. Sie ließ alles durch sich durch. Einmal das Licht, dann die Dunkelheit. Wenn Licht war, sangen die Vögel, und es roch frisch nach geschnittenem Gras. Wenn Dunkelheit herrschte, knurrten die Hunde bedrohlich, und der Geruch von frischem Fleisch drang einem in die Nase. Dieses Fleisch zwang Helenka, sich über seine Reste zu beugen und gierig zu fressen zu beginnen. Beim Hinunterschlucken spürte sie Salz, und während des Essens füllte sich ihr durchscheinender Körper mit Blut und Innereien. Sie wurde von einer Haut überwachsen, aus der die Spitzen sich windender Haare schossen. Die Haare waren winzige Schlangen. Sie bissen sie in die Stirn, aus der dünne Fäden von Blut rieselten. Helenka wischte mit der Hand darüber und kostete es. Sie begann sofort zu erbrechen. Es strömte ihr aus allen Öffnungen. Bis sie sich selber tot sah, ausgespien, zu Füßen ihrer selbst, die lebte. Sie fühlte sich wohl, weil sie wieder Luft war.

DER BETTLER

Hobbit suchte sich einen geeigneten Platz auf dem Gehsteig. Er saß vor dem Eingang der Bäckerei Keksik, mit einem Schild um den Hals, auf dem er in ungelenken Buchstaben alle Krankheiten angeführt hatte, die er kannte. Er wartete geduldig auf eine Spende für Medikamente. Wie viel die Herrschaften gern geben, aber je mehr, desto besser, weil dann eher Aussicht auf Heilung bestand.

Er saß fast in der Mitte des Gehsteigs, und wenn Gedränge herrschte, stießen die Menschen ihn an. Dann nickte er und nahm verständnisvoll die Entschuldigungen des einen oder anderen Unachtsamen entgegen, der nicht geschaut hatte, wohin er getreten war. Natürlich gab es auch Rüpel, die ihn als hoffnungslosen Faulpelz und Abfall beschimpften, der einem nur vor den Füßen herumlag und sonst nichts machte, aber Hobbit nahm das mit stoischer Miene hin. Er wusste, weshalb er hier saß, und er wusste, dass sich dieses Sitzen lohnte.

Er verdiente gut, ungefähr so viel wie das durchschnittliche Gehalt in Polen. Und das war ein Reinverdienst, ohne Steuern und Kosten für Miete, Licht und Gas. Die Höhe seines Verdienstes wurde gefördert durch sein Aussehen eines hageren Asketen, der tatsächlich an Tuberkulose hätte leiden können, vor allem weil er von Zeit zu Zeit recht effektvoll

Stückchen seiner Lunge aushustete, obwohl das in Wahrheit bloß ein lästiges Sodbrennen nach einer mit Kumpeln aus der Branche durchzechten Nacht war.

Einmal kam zu einem solchen Besäufnis ein Zechkumpan aus Trójmiasto, der Dreistadt, Danzig, Gdynia und Zopot. Sie saßen in der Wärme, die sie in der aufgelassenen Wäscherei in der Długa fanden, tranken billigen Obstwein, und der Kumpel aus Trójmiasto erzählte. Wie er mit der Bahn auf der Trasse Danzig–Wejherowo fährt und viel, wirklich viel einnimmt. Natürlich verändert er dabei ständig sein Aussehen. Einmal zieht er diesen, dann wieder jenen Rock an, einmal diese, dann jene Hose, einmal nimmt er eine Krücke, dann wieder zwei, einmal ist er glatt rasiert und dann wieder so eingewachsen, dass sich die Wanzen im Haupthaar und im Bart verlieren. Das macht er, weil viele Menschen, die in die Arbeit fahren und von dort zurückkehren, ihn erkennen, und von denen bekommt er dann nichts. Die knurren höchstens, er sei ein Nichtsnutz und Stinker. Daher wechselt er oft auf die Straßenbahn- und Autobuslinien. Eine gute Arbeit, weil es immer warm ist, egal ob Saison herrscht oder nicht. Natürlich ist zu sagen, dass man in der Straßenbahn und im Autobus nicht so gute Geschäfte machen kann wie in der Stadtbahn, weil in den Straßenbahnen und Autobussen ständig ein Gedränge herrscht und die Menschen nicht gern in Berührung mit einem dreckigen Bettler kommen. Aber gerade diesen Schmutz und diesen Gestank kann man für seine Zwecke nützen, weil so ein Opfer, durch Schmutz und Gestank überwältigt, manchmal mehr gibt, als er sonst geben würde, um nur in Ruhe gelassen und durch Gestank und Schmutz nicht behelligt zu werden.

Der Kumpel aus Trójmiasto fährt einige Zeit durch Danzig, dann durch Gdynia, schließlich besucht er Zopot, und er macht dabei sehr schön Kassa. In Zopot liegt in der Sommersaison angeblich das Gold förmlich auf der Straße. Vor allem wenn Rentner aus Deutschland kommen. Natürlich ist das Gebiet am Strand genau eingeteilt zwischen den Burschen, je nach Rang, Verdienst und Ambition. Burschen aus anderen Städten haben kaum Chancen, sich in dieses Geschäft hineinzudrängen, aber man kann immer etwas drehen, um die Beute zu teilen. Für ein Fläschchen reicht es allemal, nur darf man nicht zu gierig trinken, damit die Flasche nicht gleich wieder leer ist. Nachdem er das erzählt hatte, rannte er hinaus, um sich auszukotzen.

Hobbit hörte dem Kumpel zu, er wusste, was er davon zu halten hatte. Er richtete sich nach den Worten eines Freundes, der, bevor er in einem Armenasyl gestorben war, stets gesagt hatte, wenn man sich aus der Armut herauswühlen möchte, muss man die Armut in den Arsch ficken. Weil er in der Wohnung seiner Mutter gemeldet war, konnte Hobbit ein Konto eröffnen. Das tat er auch. Der Berg Geld, der irgendwo im Keller der Bank gelagert war, wurde von Tag zu Tag größer. Es reichte bereits für eine Garçonnière, aber er wollte in die Hauptstadt ziehen. Wenn er Glück hatte und ihn keiner zu Tode trat, und er nicht krank wurde, hatte er in zwei, vielleicht drei Jahren das Geld für Warschau beisammen. Vor allem, weil er sich im Sommer, wenn er auf der Promenade in Ustka oder beim Eingang zum Strand in Rowy saß, ordentlich die Taschen füllen konnte.

Bekanntlich ist Betteln auf der Straße nicht ganz ungefährlich. Man kann in die Abhängigkeit von Gruppen geraten, die Schutzgeld verlangen, aber man muss schon ein Dummkopf und Feigling sein, um sich ganz und gar in ihre Hand zu begeben. Das Wichtigste beim Betteln auf der Straße ist, dass man die Dinge klar sieht. Es geht um Geld und sonst nichts. Nicht um Essen oder Kleidung, sondern um Geld. Hobbit kannte eine, die durch die Häuser zog und erbettelte, was die Leute gerade gaben, für sich und die Kinder, die sie nicht hatte. Und sie bekam Kleidung oder Essen, dabei ging es ihr nur um Geld. Später warf sie die Kleidung und manchmal auch das Essen weg, aber nicht immer in den Müll, sondern in eine verpisste Ecke des Stiegenhauses, im selben Haus, in dem sie die Sachen bekommen hatte. Ein solches Verhalten schädigte das Image der Bettler. Wegen einer wie ihr sagen dann die Leute, die Bettler haben zu viel im Arsch. Manchmal mag das ja richtig sein, aber man darf nicht gering schätzen, was einem die Leute geben, allein schon aus Achtung. Als daher diese dumme Nuss wieder in die Długa kam und die Pokorowa aufsuchte, die ihr Kleidung gab, obwohl sie selber nicht viel hatte, und noch ihr Brot mit ihr teilte, und die dumme Nuss schmiss dann, kaum dass die Pokorowa die Tür hinter ihr geschlossen hatte, alles im Stiegenhaus weg, da wusste Hobbit genau, was er zu tun hatte. Als diese das nächste Mal in der Długa auftauchte, rief er sie zu sich. Sie kam auch ohne den geringsten Verdacht. Er aber versetzte ihr einen Tritt in den Bauch und dann noch eine mit dem Knie ins Gesicht. Er trat sie, warf sie zu Boden und sagte, sie solle nie mehr etwas wegschmeißen, was sie bekommen habe, wenn ihm so etwas zu Ohren komme, werde er ihr für jedes weggeworfene Ding einen Zahn ausschlagen, und wenn sie keine Zähne mehr habe, werde er ihr einen Finger brechen, und wenn die Finger nicht reichten, dann gäbe es immer noch die übrigen Knochen. Sie heulte und lag noch eine ganze Weile auf dem Gehsteig. Hobbit hatte noch nie in seinem Leben jemanden so verdroschen, aber er wusste, dass es sein musste. Dass Hobbit wusste, was und wie, wo und wann, war ja die Quelle seines Erfolges. Er besaß ein Konto. Er legte

Geld auf die Seite, und die Prozente wuchsen. Er hatte Hoffnung auf etwas Besseres.

Doch nicht alle waren so stark wie Hobbit. Nicht alle hatten Grund zur Hoffnung. Die meisten waren zu erschöpft und zu alt, oder zu dumm und zu versoffen, um zu betteln und mehr zu besitzen als eine Flasche und eine immer schlechtere Gesundheit. Und diese Leute starben. Sehr rasch.

BIELAS

Das dreieckige Gesicht eines Wolfs mag keiner. Er selber mag sein Gesicht auch nicht. Dafür liebte er es zu töten. Einen Menschen hatte er noch nicht umgebracht, aber wer weiß, ob das stimmt. Er hatte Tiere umgebracht. So weit er zurückdenken konnte. Und dann hatte er eine Frau. Die hätte er auch mit Vergnügen umgebracht, doch zum Glück starb sie, bevor er das in die Tat umsetzen konnte. Sie hatte es gut. Sie hatte es gut, dass sie Erde fraß, denn wer weiß, was geschehen wäre, ob nicht vielleicht jetzt er in Gitterstäbe beißen müsste, wenn diese Hündin nicht gestorben wäre. Angeklagt des Mordes! Dass er nach einem Besäufnis mit einem Kumpel von der Straße nach Hause gekommen war und ein Messer gepackt hatte, um der Frau die Kehle durchzuschneiden. Sie war aufgewacht und wollte davonlaufen, doch er rammte ihr einmal, zweimal und noch ein drittes Mal das Messer hinein, und das Blut spritzte nach allen Seiten, auch in seine Augen. Da kam der Wolf aus ihm heraus, an den er so fest glaubte. Der Sohn und die Tochter weinten, daher musste er sie bis zur Bewusstlosigkeit schlagen. Und dann fühlte er sich gut. Und er wollte ausruhen, weil er ein Werk vollbracht hatte, das seinen Möglichkeiten entsprach. Zum Glück starb seine Frau, und er musste das nicht tun. Als sie starb, begrub er sie, wie es sich gehörte. Am städtischen Friedhof auf dem Hügel, zwischen den schönsten Gräbern, oder vermutlich den schönsten, aber auf jeden Fall den ältesten, seit langem nicht mehr besuchten, eigentlich überhaupt nie besuchten. An diesem Tag regnete es. Er verabredete sich mit den Säufern zu einer Totenfeier am Fluss, und sie tranken so viel, dass er vergaß, wo sie auf diesem Friedhof lag. Hätte er es nicht vergessen, wäre er auch nicht zu ihrem Grab gegangen. Mögen die Toten in der Gesellschaft der Ihrigen verfaulen, damit haben die Lebenden nichts zu tun. Manchmal mangelte es ihm an Geld, aber der Sohn war recht umtriebig. Einmal verkaufte er Flaschen, dann wieder seinen Hintern, das gab immer was her. Hauptsache, der Gerichtsvollzieher kommt nicht, dann geht es schon irgendwie. Hauptsache, es ist was zum Saufen da, dann geht es schon irgendwie. Ja, und diese Hündin ist doch wirklich gestorben.

DER FRIEDHOF

Für Chmara war der Friedhof ein Haufen Steine und vergrabener Knochen. Er ging nicht gern zum Friedhof und vermied die sonntäglichen Spaziergänge, auf die ihn die Chmarowa mitschleppen wollte. Er zog es sogar vor, auf die Kinder aufzupassen, in den Fernseher zu schauen und natürlich das eine oder andere Bier zu trinken, statt in die Kirche zu gehen, wo man sich für gewöhnlich langweilte, und dann zwischen den Gräbern herumzustapfen. Für die Chmarowa war der Gang auf den Friedhof ein Ritual. Das war für sie die einzige Unterhaltung nach einer schweren Woche des Waschens, Aufräumens, Fütterns, und sie liebte ihren Mann dafür, dass er ihr diese Spaziergänge erlaubte, dass er verstand, wie wichtig sie für sie waren.

Sie las alle Namen und Aufschriften, die Geburtsdaten und -orte, die Daten und Orte des Sterbens. Sie versuchte sich die Geschichte des Mannes vorzustellen, dessen rissiges Bild auf dem Grabstein war, doch unter den Rissen war ein vom Alter mürbes Gesicht zu erkennen, vermutlich mit Brillen, und mit Haaren, üppig wie weiße Flammen. Sein Leben erstreckte sich zwischen zwei Örtlichkeiten – Turin und Zajączkowo, einem kleinen Dorf südlich der Długa. Von Italien bis Polen hatte er 87 Jahre gelebt. Wie viele Geliebte hatte er gehabt, wie viele Kinder, hatte er sehr gelitten, was hatte er gelesen, hatte er die Frau seines Lebens, hatte er viel gesprochen oder wenig? Das Grab war einsam. Wer war er? Ein Hasardeur oder vielleicht ein Wissenschaftler, etwa ein Säufer, sanft, grausam, liebte er die Natur, Autos, war er Pilot, tötete er vielleicht Menschen oder rettete er sie, mied er sie? Was machte er in diesem Raum und in der Zeit, die jetzt nichts bedeuten? Es gab weder diese Zeit noch den Raum, und es gab auch nicht diesen Menschen, weil es seine Geschichte nicht gab. Da war nur das Grab, das zerfiel.

Oder dieses Mädchen. Es war im Alter von zwölf Jahren gestorben. Was kann ein zwölfjähriges Mädchen fühlen? Liebe? Schmerz? Wie schmerzt es, wenn man sich erst des Lebens bewusst zu werden beginnt?

Die Chmarowa betrachtete die Bäume, die hier stattlich waren und üppig wuchsen, ständig versorgt mit auffrischenden Säften. Sie stellte sich gern vor, wie die Säfte der Verstorbenen von den Bäumen aufgesaugt wurden und sich in ihren Baumkörpern verteilten, und wie die Menschen tropfenweise in die frischen Blätter sickerten, und dann von diesen Blättern mit ihrem Atem wegflogen.

Wenn es regnete, floss das Wasser vom Hügel in schlammigen Strömen und wusch über die Gräber. Es roch nach feuchtem Marmor und Bäumen. Die Kerzen brutzelten, und von den durchs Wasser gelöschten Kerzen stieg ein Geruch von geschmolzenem Wachs auf. Die Chmarowa atmete alle diese Düfte ein und sammelte Kräfte für die kommende Woche. Früher einmal wollte sie malen, aber sie bekam zu rasch Kinder. Doch das erstickte in ihr nicht das Bedürfnis, die feinen Konstruktionen zu betrachten, welche die Äste der Bäume bildeten, die spielerischen Flecken auf dem Boden, die Reihen zerfallener Gräber, deren moosbewachsene Leiber sich in verschiedene Richtungen neigten, ohne das übelzunehmen, weil sie aus totem Fels gefertigt wurden.

Der Friedhof sah zu jeder Tages- und Jahreszeit anders aus. Aus der bläulichen, frischen Morgenluft schien manchmal feuchter Nebel zu triefen, der die erstarrten Bewegungen der Figuren und die Kreuze mit ewig ausgestreckten Armen verdeckte. Die Dichte des Nachmittags löste sich gegen Abend erleichtert auf, und die Schatten versuchten lebendige Körper anzunehmen, doch die Dunkelheit sog sie in sich auf und erinnerte sie daran, dass der Schatten der Nacht gehört, der Körper hingegen dem Tag.

Der Herbst wurde immer trauriger. Anfangs schmückte er die Grabsteine mit phantasievollen Farben, um dann zu klebrigem Schlamm zu verfaulen und mit seinem alles erfassenden Braun auf den reinigenden Frost zu warten, der die Welt in eine feste Kruste packte. Von oben fiel dichtes Weiß, und Pudelmützen schweren Schnees verwandelten den Friedhof in einen Raum voller Ausbeulungen. Nur die Schwärze der Bäume kämpfte um Kontraste, während die Grabsteine und Kreuze sich schweigend dem Ansturm des Schnees hingaben. Das Tauwetter wusch dann alles wieder weg und weckte die vergessenen Vögel, und zwischen dem Marmor zwängte sich Grün durch, und es hatte den Anschein, als lebte der Friedhof.

Wenn der Frühling anbrach, zog die Chmarowa stets ein gelbes Kleid an. Seine grelle Farbe leuchtete weit. Die Chmarowa wusste nicht, dass sie es so oft anzog. Sie hatte es einfach gern. Es behinderte sie nicht in ihren Bewegungen.

Den Friedhof verließ sie immer beruhigt. Damit ausgesöhnt, dass sie lebte. Sie kehrte langsam nach Hause zurück und dachte ans Mittagessen, das sie kochen musste.

MÜDIGKEIT

Mein Gott! Wie müde sie war. Wegen der Kinder, wegen ihres Geschreis, wegen der Wäsche und der ewigen Arbeit in der Küche.

Aufräumen, aufkehren, abstauben, Geschirr waschen, auf- und abhängen, das Essen kochen. Dabei hat sie früher einmal Bücher gelesen. Jetzt vertreibt ihr der Fernseher die Einsamkeit. Er stopft sie voll mit künstlichen Geschöpfen mit Plastiklächeln und sinnlosem Geplapper. Wenn sie nur etwas länger schlafen könnte. Oder wenn jemand statt ihr einkaufen gehen könnte. Aber nein, sie muss alles kaufen und schleppen. Doch nur sie versteht es, das Billigere und Bessere auszusuchen, auf diesem Markt und nicht auf jenem, und in diesem Supermarkt die Margarine und das Mehl zu kaufen und nicht in jenem.

DIE KISSEN

Das Kissen, das Globus unter seinen Arm legte, war schmutzig und fettig. Er verwendete es immer, wenn er aus dem Fenster schaute, das so niedrig war, dass er nur den Bauch und die Beine sehen konnte, wenn er nicht den Kopf hob. Wenn er etwas höher blickte, sah er bereits runde Brüste, und noch etwas höher, und er konnte das Gesicht beurteilen. Ihn interessierten nur die Frauen, die Männer existierten für ihn nicht, aber er hatte ohnehin keine Lust, den Kopf zu heben, wenn die Leute direkt vor seiner Nase vorbeispazierten. Er bewegte den Hals nur, wenn er die sich entfernenden Hintern oder Rücken begutachten wollte. Seine Aufmerksamkeit konzentrierte er eher auf den gegenüberliegenden Gehsteig. Er musste dabei nicht den Kopf bewegen, wenn er die ganze Gestalt sehen wollte. Auf der anderen Seite des Gehsteigs standen, abgesehen von den Passanten, für gewöhnlich die Cebulas. Globus begann zu schwitzen, wenn er die Cebulas sah, und der ganze Schweiß drang in das Kissen. Er schwitzte vor Hass, weil er wusste, dass die Cebulas für ihn nun unerreichbar waren, während sie ihm früher höchstens einmal die Schuhe hätten putzen können, was heißt, die Unterhosen hätten sie ihm waschen, was heißt, das Häusel hätten sie ihm putzen können. Das Kissen sog den ganzen Hass von Globus in sich ein, und außer den Hühnerfedern, die seine Innereien füllten, hatte es keine andere Geschichte.

Das Kissen der Chajkowska war wieder eine ganz andere Geschichte. Es war flauschig und viel größer als das Kissen von Globus. Bestickt mit strammen Hirschen und Jägern mit Mützen, in denen Rebhuhnfedern steckten. Obwohl man Kissen nicht miteinander vergleicht, hätte das Kissen der Chajkowska mit Sicherheit eine Schönheitskonkurrenz gegen das von Globus gewonnen. Es war übrigens der einzige Gegenstand im Haus, auf den die Chajkowska wirklich schaute. Sie kämmte den feinen Samtstoff mit einer speziellen Bürste mit weichen Borsten, wobei sie sich bemühte, die geheimnisvolle Stickerei nicht zu beschädigen. In den Pausen zwischen den Sitzungen am Fenster wurde das Kissen sorgfältig gelüftet, damit es nach Wind und Frische duftete. Wenn es seine Pflicht getan hatte, wurde es stets auf ein hohes Regal der Kredenz gelegt, hinter gläserne, verschlossene Türen, damit die Kinder es nicht erreichen und schänden konnten. Ja, das Kissen der Chajkowska war das am besten umsorgte Kissen von allen Kissen, die es in der Długa gab.

Die Cegielska konnte sich mit der Chajkowska und Globus nicht vergleichen, was die Intensität der Beobachtung der Straße betraf. Sie hatte keine Zeit dafür, obwohl sie, seit ihr Mann sie betrog, allem gegenüber gleichgültig geworden war und aus diesem Grund auch mehr Zeit hatte. Dann legte sie sich unter den Ellbogen, was ihr gerade unter die Hände kam. Manchmal war das ein rotes Kissen ohne Überzug, ein anderes Mal ein Überwurf für das Sofa, den die Kinder heruntergeworfen hatten, und sie sollte ihn zusammenlegen, doch es ergab sich, dass es sie, während sie ihn zusammenlegte, zum Fenster zog. Sie ging zum Fenster, weil die Sonne schien oder die Vögel in den hohen Bäumen sangen, die sich über das Gebäude erhoben, das auf der anderen Straßenseite stand. Am häufigsten aber ging sie nur kurz zum Fenster und lehnte sich, ohne es abzuwischen, auf das harte, von Ruß verschmierte Fensterbrett. Sie schaute nicht lange hinaus, was gab es denn schon zu sehen? Den Kirchturm und die ewig geschlossenen Fenster gegenüber, in denen sich nichts spiegelte und die wie schwarze Augenhöhlen wirkten, ohne Vorhänge und Topfpflanzen. Wenn sie die ganze Straße überblicken wollte, musste sie sich hinauslehnen, und dann sah sie für gewöhnlich den peinlich betrunkenen Cegielski, wie er auf der Trasse zwischen der Bude Kanadas und der Wohnung der Cebulowa dahintorkelte. Die Cegielska schaute, schaute und kehrte zum Fernseher zurück, wo eine ihrer geliebten Serien lief.

Und dann war da noch das Kissen Cupiałs. Ein kleines, bescheidenes Schmusekissen mit gelbem Überzug, schon braun vom häufigen Abwischen der Hände. Es diente ihm, seit er das Trinken aufgegeben hatte, das heißt seit neun Jahren. Cupiał hatte sich Esperal unter die Haut einnähen lassen und nahm regelmäßig an Treffen der anonymen Alkoholiker teil. Wenn er auf die Długa schaute, sah er eine bauchige Wodkaflasche, die vor seinen Augen schwebte, als hätte der Herrgott sie an einer unsichtbaren Schnur heruntergelassen, um ihn zu verlocken. Diese Flasche sah er während der ganzen neun Jahre. In dieser Zeit diente ihm das Schmusekissen, unter seinen Ellbogen gequetscht, als treuer Schwamm. Schweigend nahm es Cupiałs schwere Seufzer auf, der aus dem Grund, weil er ständig die Flasche vor Augen hatte, nie wusste, was sich auf der Straße abspielte. Bis zu jenem Moment, da er sich erinnerte, dass ihm der Nachbar Geld schuldete. Er betrat die Wohnung, weil auf sein Klopfen niemand öffnete und die Tür offen war, und das Erste, was er sah, war der tote Nachbar, aus dessen Ohr blutige Blasen kamen. Von jenem Moment an sah Cupiał statt der Flasche diese Blasen. Sie wurden größer und zerplatzten. Auf diese Weise befreite sich Cupiał für einige Zeit vom quälenden Anblick der Flasche voll Alkohol.

Im Autobus befahl der Vater Mąka, sich auf seine Knie zu setzen, obwohl Mąka älter war, als er aussah. Gegenüber saß die Mutter. Sie war betrunken, hatte schmutzige, zerzauste Haare und war aggressiv.

»Du Hur ...«, sie sprach die Flüche nie ganz aus, »hast nichts, gar nichts, hörst du?!«

»Mama, schrei nicht so«, versuchte Mąka sie zu beruhigen. Die anderen Leute gaben vor, nichts zu hören und nichts zu sehen.

»Die Mama hat Gewissensbisse, weil sie sich besoffen hat«, flüsterte der Vater ihm ins Ohr.

»Was flüsterst du ihm da zu, verd... Hur ...«, sie packte Bielas am Knie. »Wie lang bist du mit mir zusammen, Alter? Sag, wie lang? Und das einzige, was du kannst, ist mich zu fi...«

»Mama«, flehte Mąka.

»Hi, hi, hi«, kicherte Bielas in sich hinein.

»Und ich bin bald«, sie machte eine Handbewegung über ihre Kehle, »kaputt.«

»Waas sagst du da«, Bielas packte ihre Hand. »Du, was ...«

»Ach, Hur ..., sag ich«, rief sie.

»Mama!« Mąka trat sie leicht gegen das Bein und beugte sich zu ihr. »Hinter dir sitzt die Nachbarin, schau nur«, flüsterte er.

»Wenn du mich noch einmal, Hur ..., stoßt, dann ...«, drohte sie Mąka mit dem Finger.

»Mama« flüsterte Mąka flehentlich.

»Noch einmal, Hur ...«

Mąka sprang von den Knien des Vaters. »Also dann, auf Wiedersehen!« rief er durch den ganzen Autobus. »Wir sehen uns morgen.« Und er sprang aus dem Autobus, der soeben stehen geblieben war und dessen Türen sich zischend in die Dunkelheit und Kälte öffneten. Doch obwohl er ausgestiegen war, sah er weiterhin alles. Obwohl der Autobus abgefahren war, sah er, wie die Mutter den Vater beunruhigt fragte: »Ist er weg?«

»Er kommt zurück«, sagte der Vater und stützte sie, da sie beinahe vom Sitz fiel.

»Glaubst du?« In ihrer Stimme waren Tränen zu hören.

»Er kommt wieder.« Der Vater sah die Mutter beinahe sanft an.

Mąka wollte weinen, doch er konnte nicht.

DER SPALT

Helenka hob den Kopf. Sie stand vor der hohen Mauer eines der Gebäude. Die Mauer neigte sich vor ihren Augen, als wolle sie ihr auf den Kopf fallen, den weichen Leib zerquetschen und zermalmen. Doch sie fiel nicht. Es drehte sich bloß im Kopf.

Wo Dach und Himmel einander berührten, entdeckte Helenka einen Spalt. Ihre Augen tränten, und sie wischte mit dem Ärmel drüber. Der Spalt verschwand nicht und schien zu atmen. Er lebte und war dunkel, tief. Er verkündete eine andere Welt.

Helenka spürte das mehr, als dass sie es sah, doch sie konnte nicht aufhören, hinaufzuschauen. Ihr Hals begann zu schmerzen, und sie sollte ihn massieren, doch sie konnte sich nicht fühlen. Der Spalt wurde enger, dann wieder breiter, während sich die Mauer immer bedrohlicher neigte. Helenka wollte schreien, doch etwas verschloss ihre Lippen. Sie wurde steif und fiel, die Augen weit aufgerissen, nach hinten, wie ein gefällter Baum, wobei sie sich den Hinterkopf zerschlug.

Als man sie fand, lag sie noch immer da mit weit geöffneten Augen. Dunkles Blut befleckte ihr Haar. Doch sie wusste etwas, was sonst keiner wusste. Sie wusste, dass es dort oben einen Spalt gab, der pulsierte wie ein schwarzes Herz.

DIE WÄSCHEREI

»Na Burschen, ab durch die Mitte!« Im Eingang der Wäscherei stand Siwy. Er war völlig nass vom Regen.

Hinter ihm standen drei Schatten, ihre leuchtenden Augen durchdrangen die Dunkelheit. Hobbit bewegte sich auf seinem Platz, stand jedoch nicht auf. Pattex starrte stumpf an die gegenüberliegende Wand. Der Kumpel aus Trójmiasto lag besinnungslos in seinem eigenen Erbrochenen neben dem Eingang.

»Scheißabfall«, Siwy trat ihn leicht in die Seite und wandte sich an die Schatten: »Schafft diese Scheiße weg.«

Die drei Schatten sprangen zum Betrunkenen hin. Eine Laterne wurde eingeschaltet. Im flackernden Licht war zu sehen, wie Hände flink die Taschen durchwühlten. Sie nahmen dem Betrunkenen die Jacke ab. Die Klinge eines Springmessers blitzte. Die Jacke wurde geschickt in gleichmäßige Streifen zerschnitten, doch es fiel nichts heraus.

»Hat alles versoffen, der Schlaumeier«, brummte Siwy, und der betrunkene Kumpel aus Trójmiasto flog schon mit dem Gesicht auf den Gehsteig. Die Haut riss auf, doch er wachte nicht auf.

»Na, und was ist mit euch, Burschen?« wandte sich Siwy mit seinem bekannten Lächeln an Hobbit.

»Wir haben noch zwei Flaschen Apfelwein«, lallte Hobbit. Er wusste, dass die anderen keinen Spaß verstanden.

»Und ich nehme an, dass ihr die mit uns teilen wollt?«

»Natürlich.«

»Für dieses ›natürlich‹ bekommst du eins in die Fresse.« Die drei Schatten warfen sich auf Hobbit und begannen ihn zu treten. Pattex wollte schreien, doch ein Schlag in den Magen raubte ihm die Luft, und er benahm sich wie ein an Land geworfener Fisch. Sein Mund versuchte nach etwas zu schnappen. Er wusste nicht, was und wo. Erst ein Schlag in die Nieren half ihm, weil sein Mund plötzlich etwas ausspuckte und wieder Luft holen konnte und auch wieder wusste, was zu tun war. Als er in die Pfütze geworfen wurde, stöhnte Pattex leise. Er lag immer noch in der Pfütze. Selber blutend, versuchte Hobbit ihn von der Wäscherei wegzuzerren.

»Mach schon, sie kommen wieder.«

»Wofür? Wofür?« lispelte Pattex.

»Für Scheiße. Wir müssen fort von hier. In den Park, unter den Baum.«

»Es tut weh.«

»Es tut immer weh.«

Neben ihnen stöhnte der Kumpel aus Trójmiasto. Irgendwie stemmten sie sich gemeinsam hoch und wankten in Richtung Park. Ein heftiger Windstoß warf sie beinahe um, doch diesmal stützten sie einander. Der Kumpel aus Trójmiasto stammelte etwas, dass er nicht wisse, was los sei. Aus der Wäscherei drang Lachen.

»Die haben eine Abreibung bekommen, dieser Abfall«, sagte der Große.

»Ich hasse Abfall«, fügte der Zahnlückige hinzu, während Siwy ihm den eroberten Apfelwein reichte. Der Adamsapfel hüpfte auf und nieder.

»Wisst ihr was? Ich war vor kurzem bei der Militärkommission.« Als Anführer war Siwy immer bemüht um interessante Themen.

»Und was war dort?« fragten sie interessiert.

»Nichts. Ich stehe nackt da, und es ist ein bisschen kalt. Vor mir ein Tisch mit drei Ärzten und noch ein Junge, auch nackt. So wie ich«, er machte einen tiefen Zug. »Und einer der Ärzte, so eine alte Bulldogge, sagt zu dem Jungen: ›Zieh die Vorrrautrunter.‹ Er redete so komisch, wie ein Russe. Und der Junge nichts, er rührt sich nicht einmal. Ich muss zugeben, dass ich auch nicht wusste, was er wollte. Und die Bulldogge wieder: ›Zieh schon die Vorrrautrunter!‹ Und der Junge rührt sich nicht. Da schaut die Bulldogge den Jungen an, dann mich, dann sagt sie etwas zum Arzt neben sich, von wegen wie blöd das Volk ist, nicht wahr, und dann brüllt er den Jungen an: ›Zieh die Haut von deinem Schwanzzz, du Trottel!‹ Da wusste der Junge gleich, was er wollte.« Er räusperte sich und spuckte aus.

»Ein Stress, was?« resümierte der Zahnlückige ernsthaft.

»Na, das vielleicht nicht, aber es fehlte die gemeinsame Sprache.«

»Mein Alter hat auch ein schönes Erlebnis gehabt«, sagte der Große. »Als sie ihm einen Katheter in die Eier steckten, standen ihm die wenigen grauen Haare regelrecht zu Berge, und so blieben sie stehen. Genau so. Gefickt will ich sein! Und als sie ihm alles herausholten, da rollten sich die Haare zu Locken, und seit damals trägt er eine Afrofrisur, ha, ha.«

»He, he, he.«

Sie waren fröhlich, und es war ihnen warm, obwohl es nach Feuchtigkeit und den Obdachlosen stank. Aber sie hatten Wein. Eroberten Wein. Und eroberter Wein schmeckt besser und steigt schneller zu Kopf als gekaufter.

Draußen, ein paar hundert Meter weiter, saßen Hobbit und Pattex unter dem Baum. Sie sannen nicht auf Rache. Es war zu kalt, und sie waren zu schwach. Auf der Bank neben ihnen schlief der Kumpel aus Trójmiasto. Sein Kopf hing beinahe in die Pfütze. Er bemerkte den Regen nicht. Er war immer noch stockbetrunken. Er begann im Schlaf zu husten.

Die Stadt war wie ausgestorben. Kaum jemand geht um diese Tageszeit und bei einem solchen Regen spazieren. Die Menschen sitzen lieber in ihren warmen Wohnungen, vor dem Fernseher, in Patschen, im Unterhemd, und wenn sie Lust haben, können sie lauschen, wie die Tropfen aufs Fensterbrett schlagen. Bei so einem Wetter bedauerte Hobbit, dass er keine Wohnung besaß. In letzter Zeit hatte er irgendwie das Gefühl, dass es mit dieser Wohnung gar nicht so leicht sein würde. Die Preise stiegen, und das Betteln brachte immer weniger ein. Die Menschen behandelten Bettler immer schlechter, vermutlich weil die Zeiten für keinen leicht waren.

Er fiel in einen nervösen Schlummer. Er konnte sich nicht beruhigen. Die Anwesenheit des großen Kerls, der auf der anderen Seite des Baumes stand, störte ihn. Was hatte ihn hierher verschlagen? Bei einem solchen Wetter! Ausgerechnet jetzt und ausgerechnet an diesen Ort, als gäbe es nicht Tausende Jetzt und Tausende Orte. Der Instinkt eines Bettlers sagte Hobbit, dass der Kerl gefährlich war. Außerdem schmerzten ihn der geschwollene Kiefer und der kleine Finger, der vermutlich gebrochen war. Pattex schluchzte leise im Schlaf. Ein Dummkopf wie er im Buch stand. Er scherte sich um nichts, Hauptsache, es ging ihm gut. Er schmiegte sich an Hobbits Schulter, er wurde immer wieder von Krämpfen geschüttelt. Ja, bei so einem Wetter kann der Mensch von Krämpfen geschüttelt werden.

GALLE

Er hatte nichts mehr in sich, was er erbrechen konnte. Und er empfand schreckliche Schmerzen. Żaba fühlte, dass es mit ihm zu Ende ging. Es war erniedrigend, mit dem Kopf in der Klomuschel zu stecken und die Galle auszuspucken. Ein bitterer Geschmack im Mund und Schmerzen im Zwerchfell. Die kranke Leber rief sich in Erinnerung. Er dachte an seine Mutter. Warum ausgerechnet an sie? Dass was? Dass jeder eine Mutter hat? Dass ausgerechnet seine Mutter keine gelben Blumen mochte, und dass er nicht an ihrem Grab war? Er wusste nicht, dass die Chmarowa gestern Morgen am Grab seiner Mutter vorbeigegangen war, mit dem gelben Stoff ihres geliebten Kleids wehend. Wie dem Tod und der Verbitterung jener zum Trotz, die keine gelben Blumen mochte. Aber das hatte nichts mit Trotz zu tun, weil keiner vom anderen wusste. Weder die Chmarowa von Żabas Mutter noch Żaba von der Chmarowa. Żabas Mutter zählte nicht. »Keiner nimmt Rücksicht auf die Toten«, rief sich Żaba schmerzlich ins Bewusstsein. Ein Brechkrampf ließ ihn nach Luft schnappen, und nun wusste er, dass er das Bewusstsein verlieren würde. Zum ersten Mal in seinem Leben. Um das gelbe Licht der Glühbirne waberte ein dunkler Hof, der unangenehm pulsierte.

MÜDIGKEIT

Mein Gott! Wie müde er war. Die rechte Stirnseite schmerzte, und zwar nicht von einem Schlag. Und nicht vom Trinken. Auch nicht von der Arbeit. Er war müde und völlig lustlos. Leere im Kopf und Schmerzen wegen des leeren Kopfes. Stumpfheit. In den vier Wänden des Zimmers, die er schon längst hätte ausmalen sollen. Fliegen prallten gegen die tote Glühbirne. Und er sollte aufstehen, sich anziehen, vielleicht waschen. Obwohl es ein schöner Tag zu werden versprach, sah er keinen Sinn in den alltäglichen Aktivitäten, die die Welt von ihm erwartete. Heute war er zu nichts zu gebrauchen. Er wollte nicht einmal schlafen, weil es für seine Müdigkeit keine Erholung gab. Er konnte bloß in der Müdigkeit verharren und warten, dass sie vorüberging. Nicht daran denken und sie auf diese Weise überwinden.

GLOBUS

Es geschehen Wunder. Die Trägheit, die Globus erfasste, während er ständig aus dem Fenster auf die Straße schaute, veränderte ihn. Allerdings kann man nicht sagen, ob zum Guten oder zum Schlechten, weil er aus Langeweile zu lesen begann. Er kramte die wohl noch von der Oma stammende Bibel aus dem Schrank, und es gefiel ihm, was dort geschrieben stand. Doch er wollte mehr. Daher machte er an einem jener regnerischen Tage, an denen es einem so schwer fällt, aufzustehen, und noch viel schwerer, aus dem Haus zu gehen, das eine wie auch das andere und machte sich geradewegs auf zur Bibliothek.

Er suchte in der Abteilung für Religion nach Büchern. Er wusste nicht, weshalb ausgerechnet dort, aber irgendwie nahm er an, dass er gerade hier etwas finden würde, was ihn interessierte. Er fand ein Buch über Joga mit einem Übungsprogramm für dreihundert Wochen. Ohne zu überlegen, nahm er es mit nach Hause.

Die ersten Sätze verstand er nicht, die nächsten auch nicht, doch er hatte aufrichtig den Wunsch, das Gelesene zu verstehen, und so gab er sich Mühe, es zu begreifen, weshalb er nach einiger Zeit tatsächlich einiges begriff.

»Ich habe begonnen, über alberne Dinge nachzudenken«, meinte er. »Aber das bereitet mir Freude«, fügte er nach einer Weile hinzu, wobei er in sich hinein lächelte.

Der Briefträger brachte die Invalidenrente, und Globus nahm das Kuvert mit Dank entgegen und nicht, wie gewöhnlich, mit Klagen darüber, dass die Rente zu klein war. »Oh, Herr Bukowski. Ich habe aufgehört zu rauchen«, sagte er zum Briefträger. Der riss die Augen auf. »Ein lobenswerter Entschluss, wirklich lobenswert«, stammelte er und wollte schon gehen, doch Globus fasste ihn leicht am Arm. »Das ist für Ihre Mühe«, und er reichte dem überraschten Briefträger fünf Złoty. »So viele Jahre haben Sie sich mit der Rente nie verspätet.« Bukowski nahm die Haltung eines disziplinierten Staatsdieners ein und sagte voll Würde: »Natürlich, natürlich«, dann lief er die Treppe hinunter, ständig »natürlich« vor sich hin murmelnd.

Globus hatte tatsächlich aufgehört zu rauchen. Anfangs musste er das Fehlen der Zigaretten mit Salzstangen und Hektolitern von Malzkaffee kompensieren, doch je mehr er über die Yogi las, desto mehr härtete sich sein Wille, wie Stahl in einem Schmelzofen. Er beschloss, auf Fleisch zu verzichten, und zwar keineswegs aus Mitgefühl mit den Tieren, ein Gefühl, das ihm fremd war, sondern aus Sorge um die Reinheit des Körpers und Geistes. Seit einiger Zeit verspürte er auch den Wunsch, aus diesem obskuren Zimmer, in dem er wohnte, herauszukommen, aus dieser Straße, aus der Stadt, aus dem Leben. Er unternahm lange Spaziergänge. Er sah alles mit neuen Augen, als wären ihm Schuppen von diesen gefallen. Zum ersten Mal bewunderte er den Himmel und die Wolken und die Vögel. Die Sonne, zerschnitten durch ein

Netz kleiner Äste, spielende Kinder und nicht brüllende Bengel, freudig springende Hunde. Obwohl er so viele Tage und Jahre aus dem Fenster geschaut hatte, sah er erst jetzt in den Cebulas attraktive Frauen und nicht heruntergekommene Hurenweiber, wie er sonst stets über sie gedacht hatte.

Er begann die Kunst des Atmens zu üben. Er strebte richtig danach, gleichmäßig zu atmen. Er versuchte die Luft zwölf Sekunden lang einzuatmen, zwölf Sekunden anzuhalten und zwölf Sekunden auszuatmen. Nach den ersten Versuchen packte ihn ein trockener Husten, den er nicht unterdrücken konnte. Er würgte und prustete, so dass man es bis auf die Straße hören konnte. Doch er gab nicht auf. Verbissen bemühte er sich, die Kunst des gleichmäßigen Atmens zu beherrschen. Ohne Hast und unnötigen Kampf gegen eigene Beschränkungen. Nach einigen Monaten intensiver Übungen, bei denen er sich besonders auf die Gleichmäßigkeit der vollführten Bewegungen konzentrierte, verlor er die Steifheit in seinen Muskeln. Er hatte den Eindruck, einige Zentimeter gewachsen zu sein, dabei hatte er sich bloß aufgerichtet. Obwohl er nach wie vor hinkte, ging er nicht mehr gebeugt. Er hatte es sich abgewöhnt.

Er borgte sich weitere Bücher aus. Er begeisterte sich für Askese und die christliche Gnosis, Mystik und den brahminischen Okkultismus. Er begriff immer mehr, verspürte immer weniger Verlangen. Die Isolation, die seit so vielen Jahren mit dem schmerzlichen Gefühl einhergegangen war, dass er keinen hatte, mit dem er trinken und reden konnte, wurde langsam zum einzigen Bedürfnis in seinem einsamen Leben.

Er lernte, sich an seine Träume zu erinnern und sie zu kontrollieren. Die Beherrschung des Atmens erlaubte ihm, je nach Wunsch vom Wachzustand ins Träumen zu gleiten, das er nach eigenem Willen gestalten konnte. Er konnte auch aus dem Schlaf in den Wachzustand zurückkehren, immer noch träumend und gleichzeitig deutlich die Wirklichkeit spürend. Mit der Zeit verlängerte er das Einatmen, Luftanhalten und Ausatmen auf je zwanzig Sekunden. Das bedeutete, dass er einmal pro Minute atmete. Das gestattete ihm eine tiefere Trance als bisher. Er verlor das Zeitgefühl, und aus dem kontrollierten Traum, in dem sich die seltsamsten Tiergestalten herumtrieben, wo Tierkörper und -rümpfe sich mit menschlichen Gestalten vereinen, sank er in einen formlosen Raum von Farben und Tönen. Feine Stimmen ertönten in Regenbogenfarben im Rhythmus des verlangsamten Herzschlages, und sie waren er, und er war sie. Er fiel in Lethargie. Das Erwachen erfolgte nach einem lang währenden Erstarren des Körpers. Dann fühlte er sich ungeheuer ausgeruht.

Sein Leben beschrieb einen Kreis. Er befreite sich von Erinnerungen. Er war wie ein Kind, das noch keine besitzt. Er fühlte sich frei. Außerhalb aller Leiden und Sehnsüchte. Nichts und niemand war ihm ein Ärgernis, doch er wurde anderen zum Ärgernis. Zuerst den Kindern, die ihm, wenn er spazieren ging, nachliefen und ihn eine Schlafmütze und einen Nichtstuer nannten. Er lächelte bloß in sich hinein, doch eines Tages spuckte ihm Mąka auf den Rücken, und Łukaszek warf einen Stein nach ihm. Später erzählte ihm der Briefträger, die Leute sagten, er sei verrückt geworden. Außerdem nähere sich der Weihnachtsumzug, und man wisse ja, wie der Pfarrer sei. Globus lächelte wieder, und Bukowski überlegte, was Globus zu lächeln habe, als wisse er alles und alle anderen wüssten nichts. »Der soll nur nicht so schlau tun, sonst scheißt ihm noch die Katze auf den Kopf«, sagte die Chajkowska und zündete sich eine Sobieski an. Als er das sah, begann Chajkowski zu schreien, sie solle gefälligst aufhören, so teure Zigaretten zu rauchen und zu billigeren greifen, und überhaupt sollte sie sich ans Aufräumen machen. Die Chajkowska wandte ihm jedoch nur den Hintern zu, das Gesicht zum Fenster, und das war alles, was er von ihr zu sehen bekam. Er hatte nicht einmal Lust, sie in diesen vertrockneten Hintern zu treten, und dachte, wie das in solchen Momenten manchmal vorkam, voller Rührung an die prallen Hinterbacken der drei Cebulas.

Globus dachte schon nicht mehr an die Cebulas. Dafür klopften eines Tages Ministranten an seine Tür. Er öffnete ihnen und sagte, er bitte den Pfarrer, einzutreten, was sie sehr verwunderte, weil er den Pfarrer nie hineingebeten hatte. Der Pfarrer war ebenfalls verwundert, dass er gebeten wurde, einzutreten. Doch er ließ sich das nicht anmerken. Er setzte sich an den Tisch, auf dessen Platte nichts stand außer einer Kerze und einer kitschigen Buddhafigur, wie man sie in Andenkenläden zu kaufen bekommt. Nach Opium duftende Räucherstäbchen brannten. Der Pfarrer betrachtete die Figur, wobei er vorgab, auf die Kerze zu schauen, und räusperte sich nach einer Weile.

»Was ist, Globus, du glaubst an Buddha?« Er deutete auf die Figur.

»Wahrscheinlich an Buddha. Aber das ist unwichtig. Wichtig ist, dass ich glaube.«

»Na ja, aber was ist mit Christus?«

»An Christus glaube ich auch, aber das Kreuz mit Christus war teurer, drum hab ich den Buddha gekauft.«

»Aha.« Der Pfarrer wusste nicht, was er sagen sollte. Er fühlte, dass er schon zu alt war für solche Gespräche. Sie ermüdeten ihn. In solchen Gesprächen musste man Schlagfertigkeit beweisen, die ihm längst abhanden gekommen war. »Aber die Leute sagen, dass du komisch geworden bist?«

»Ich tue keinem was. Ich gehe bloß spazieren, statt am Fenster zu hocken.«

»Und das erstaunt sie so?«

»Vielleicht. Ich weiß nicht.«

»So kommen wir nicht weiter«, seufzte der Pfarrer. Alles ermüdete ihn.

»Wohin sollen wir kommen?« fragte Globus.

»Na eben, eigentlich zu nichts«, seufzte der Pfarrer wieder und fragte: »Hast du vielleicht einen Schluck Kognak oder so was?«

»Ich trinke doch seit langem nichts mehr.«

»Du trinkst nicht?« wunderte sich der Pfarrer. »Seit wann trinkst du denn nicht mehr?«

»Schon seit vielen Jahren.«

»Das ist gut, dass du nicht trinkst.« Der Pfarrer überlegte, dann sprang er plötzlich auf, als habe er es eilig. »Na, Globus. Im Namen des Vaters und des Sohnes und des Heiligen Geistes, Amen. Friede sei diesem Haus.« Er besprengte die Wände mit Weihwasser und reichte Globus die Hand.

»Was ist, rauchst du etwa auch nicht mehr?« brummte er.

»Seit ich Übungen mache«, antwortete Globus.

»Das ist gut«, meinte der Pfarrer und ging hinaus, um die Gelegenheit des Weihnachtsumzuges wahrzunehmen und ein paar Leuten zu sagen, dass mit Globus alles in Ordnung war. Vielleicht akzeptierte man deshalb die Veränderung, die so unerwartet über die Długa hereingebrochen war. Obwohl die Kinder nach wie vor riefen, Globus sei ein Nichtsnutz und eine Schlafmütze.

ŻABAS TRAUM

Żaba träumte oft von Tausenden Fliegen ohne Flügel, die er mit seinen großen Schuhen zertrat. Am Ende zerquetschte ihn eine Fliege, größer als er, mit ihrem behaarten Bein.

MUSIK

Der Tag, von dem Kanada nicht wusste, dass es sein letzter sein würde, war schön. So schön, dass in Kanada für einen Moment ein Empfinden erwachte. Es riss ihn aus seiner Isolation und erfüllte ihn mit der gesamten Musik der Długa. Wie berührt von einem Zauberstab hörte Kanada alle Töne, und keiner störte ihn. Das Echo der Füße mischte sich mit dem Pochen eines mechanischen Rhythmus, der aus den Fenstern des Hauses eines der Jungen drang. Dazwischen mengten sich die hohen Töne einer Geige, im Gleichklang mit einem Kontrabass, die im Einklang mit dem Quietschen eines bremsenden Autos und den Synkopen von Free Jazz irgendwo hoch und weit verklangen. »Wer hört hier diese Musik?« wunderte sich Kanada. Noch mehr wunderte ihn, dass dieses ganze Durcheinander, das seinen Kopf attackierte, ihm nichts auszumachen schien. Im Gegenteil, er entdeckte darin eine Harmonie mit seinen Schritten, seinem Atmen und überhaupt seinem Ich. Er vermochte aus dem scheinbaren Lärm jeden einzelnen Ton herauszuhören, und keiner war ihm unangenehm. Für gewöhnlich riefen, wenn er, wie jetzt, nicht richtig betrunken war, andere Töne als das Rauschen von Wasser oder von Bäumen in seinem Kopf ein Stechen und peinigende Schmerzen hervor. Diesmal war es anders. Als hätte er die Gabe erhalten, die Welt der Musik zu entdecken, die in allem steckte. Vom Schrei der Kinder über das Stöhnen eines Liebespaares bis zum Röcheln des Todes. In jedem Schritt und jedem Schlag, jedem Fallen und Aufstehen, in jedem Hochziehen der Nase.

Kanada war gerührt. Er fühlte, dass er es heute gut haben würde mit sich selber. Unten am Fluss, an seinem alten Platz. Er wird dem Wasser zuhören und die Geräusche aus der Stadt in das Rauschen von Wellen verwandeln. Er wusste, dass sich die Stimmen des Wassers und der Stadt diesmal in seinem Kopf ergänzen würden.

Er wusste nur nicht, dass ihn jemand, als er an der großen Eiche vorbeiging, aufmerksam beobachtete.

DIE KATZE

Sie wurde von den Rädern eines Autos zermalmt. Sie hatte es nicht geschafft, zur Seite zu springen. Der Kopf wurde auf der rechten Seite überfahren, und aus dem geplatzten Schädel floss eine rosa Masse. Łukaszek grub mit einem Stöckchen darin herum. Er versuchte das Auge aus der Augenhöhle zu lösen, doch er drückte zu fest, und der kugelförmige Glaskörper platzte. Eine durchsichtige Gallerte rann heraus, die Łukaszek auf dem Gehsteig verteilte. Dieses Spiel langweilte ihn allerdings rasch, und er überließ die Katze den Fliegen. Sie bedeckten sie mit einem sich ständig verändernden Schwarm und flogen nur weg, wenn die Luft stärker durcheinandergebracht wurde. Schwerfällig. Gemästet.

Die Katze wurde nicht weggeräumt. Sie schwoll auf und sah aus wie ein kleines Ferkel. Dann wurde sie steif und dörrte in der Sonne aus. Zufällig sah die Müllabfuhr die Fellstücke und herumliegenden Knochen. Ein Mann in dicken Handschuhen nahm träg eine Schaufel und sammelte den Kadaver ein. Die Katze verschwand in der Öffnung des Lastwagens. Nur ein dunkler Fleck blieb zurück, den der Regen mit der Zeit wegwaschen würde.

ZUSAMMENTREFFEN

Es begann zu regnen. Mucha ging mit beinahe tänzerischem Schritt an Antoniuk und Chmara vorbei. Sie kotzten gegen die Wand.

»Heute kotzen die Leute dauernd«, dachte Mucha, wobei er an Żaba dachte. Er hatte ihn aus dem Badezimmer getragen, wo er vor Erschöpfung zusammengebrochen war, und aufs Sofa vor dem Kamin gelegt. Er wollte nicht über Nacht in Żabas Wohnung bleiben. Er hatte so eine Ahnung, dass es um seinen Chef schlecht stand, und er wollte in nichts verwickelt werden. Er hatte schon die Nase voll von diesem Leben. Ständig gehorsam zu sein und seinen Arsch für andere hinzuhalten. Wenn man ihn wenigstens gut bezahlt hätte. Na ja, vielleicht war es nicht so schlecht, und für diese Stadt wahrscheinlich sogar recht gut, doch als er bei Żaba zu arbeiten begann, hatte er gemeint, er werde mehr bekommen.

Er ging in den Park. Hier war es dunkler. Das Licht der Straßenlaternen drang nicht bis hierher, und im Park waren alle Laternen zerschlagen. Er kam zur Eiche. Er lehnte sich gegen den Stamm. Er fühlte sich sicher. Große Äste. Das Dickicht der Äste und Blätter ließ keinen Regen durch. Mucha liebte den Duft feuchter Luft. Er atmete tief. Er spürte, wie die Wirkung des Alkohols nachließ. Er blickte nach oben. Über ihm war der Baum. Er dachte daran, wie er zum ersten Mal mit einem Kumpel einen Joint geraucht hatte. Sie waren auf einem der höheren Äste gesessen. Die Eiche war weit verzweigt und zu ihrer Welt geworden. Sie hatte sie in sich aufgenommen. Die nächsten paar Stunden konnten sie nicht mehr herunterklettern, obwohl sie es wirklich wollten. Was ihnen vorher schön erschienen war, wurde nach einiger Zeit schrecklich, und sie wollten nun wirklich vom Baum herunter. Erst als sie von immer neuen Versuchen total erschöpft waren, ließ die Wirkung des Haschisch nach, und der Baum ließ sie ziehen. Seit damals hatte Mucha keinen Joint mehr angerührt. Dafür hatte er, seit er bei Żaba arbeitete, Zigaretten zu rauchen begonnen. Auch jetzt verspürte er das Verlangen nach einer Zigarette. Er holte eine Golden heraus und zündete sie an.

Als er so unter der Eiche stand, verschwamm er völlig mit ihrem Stamm. Er sah, wie sich drei Schatten aus der Długa näherten, die einander stützten. Er machte einen Zug von seiner Golden. Der Regen verwandelte sich in einen Wolkenbruch. Die Männer kamen auf ihn zu. Sie sahen müde aus und schmutzig. Offenbar wollten sie unter der Eiche Schutz suchen, doch als einer von ihnen Mucha erblickte, machten sie einen Bogen und gingen vorbei, als wäre nichts gewesen. Sie erreichten die nahe der Eiche stehenden Bänke. Vielleicht waren diese nicht so gut gegen den Regen geschützt wie der Platz, an dem Mucha stand, aber sicher besser als alle anderen Bänke im Park.

Die Leute machten ihm alles kaputt. Mucha empfand eine Abneigung gegen menschlichen Abfall, und diese Typen erschienen ihm eindeutig wie Abfall. Sie mussten ihm unerwartet über den Weg laufen. Ausgerechnet heute und um diese Stunde, als gäbe es nicht Hunderte Tage und Tausende Stunden. Als gäbe es nicht Tausende andere Orte. Alles ärgerte ihn, vor allem weil die Säufer, die vorher gekotzt hatten, sich nun auch der Eiche näherten. Er warf nur selten einen

Blick in sein Inneres, und heute, da das geschah, kamen ihm diese Leute in die Quere. Er verspürte das Bedürfnis, sich zu erinnern und Entscheidungen über sein weiteres Leben zu treffen. Mucha hatte das Gefühl, dass sich in ihm etwas ändern könnte, doch jetzt sah er dafür keine Chance mehr. Er schüttelte sich vor Ekel und Wut. Jetzt konnte er höchstens alle diese Leute, diesen Abfall, verprügeln, oder er ging ins Miami. Er entschied sich für das zweite und trat energisch den Zigarettenstummel in der feuchten Erde aus.

Antoniuk und Chmara lehnten sich in diesem Moment gegen den Stamm.

»Gleich sind wir zu Hause«, stammelte Chmara. Antoniuk antwortete nichts. Er horchte auf das Rauschen des Regens und sah der entschwindenden Silhouette nach, die in die Richtung ging, aus der sie soeben gekommen waren. Der Anblick der überproportional breiten Schultern des Kerls erzeugte einen Krampf in Antoniuks Magen. Als er neuerlich erbrach, wusste er, dass die Ursache dafür die Angst war, die sich seinem Begreifen entzog. Chmara schnarchte, an den Stamm gelehnt. Es war kalt, und Antoniuk wusste, dass die drei Gestalten auf der Bank ein paar Schritte weiter im Schlaf zitterten. Ja, bei einem solchen Wetter konnten den Menschen schon Krämpfe schütteln.

BEGEGNUNG

Es kommt vor, dass Kinder wachsen, und eine der Töchter Chmaras, vermutlich Gabrysia, war auch gewachsen. Das heißt, sie war noch nicht wirklich erwachsen, aber die jungen Burschen verabredeten sich bereits mit ihr zum Spazierengehen. Einmal ging sie mit einem in Richtung Friedhof.

Sie spazierten die Straße entlang, die den langen und hohen Hügel umschließt, an dessen Ende sich, hinter einer Abzäunung – als habe man Angst, die Toten könnten aufstehen und in die Stadt hinuntergehen –, die Gräber befanden. Sie gingen die Anhöhe hinauf und wollten nicht in den Friedhof, daher setzten sie sich ins Gras und schauten auf die unter ihnen rauschenden Autos. Sie sprachen nicht viel, weil in ihren Köpfen noch die duftenden Joints wirbelten, die sie vor kurzem geraucht hatten. Wie schön die Vögel sangen, und die Autos rauschten wie das Meer, und die Bäume beugten sich freundlich nieder, als wollten sie ihnen über den Kopf streichen. Man konnte die Abgase nicht riechen, weil sie von der Wiese und den Büschen geschluckt wurden, und die Sonne wärmte sanft.

Plötzlich tauchte völlig betrunken Bielas auf. In seinen aufgerissenen Mundwinkeln klebte getrockneter Speichel.

»Was machst du da, Hurerei?«, wandte er sich an Chmaras Tochter. »Was glaubst du, was dein Vater sagen würde, wenn er erfährt, dass du schon herumhurst, was?«

Das Mädchen machte große Augen, und der Junge stieß hervor: »Beherrschen Sie sich ein wenig«, fuhr er Bielas an.

»Was willst denn du?« Bielas trat auf ihn zu. Als er zum Schlag ausholen wollte, stolperte er. Er stürzte und rollte den Hang hinunter. Über ihm die Bäume und bei seinem Kopf die Autos. Wie schön die Vögel sangen, und die Autos rauschten wie das Meer. Die Sonne wärmte seine rechte Wange.

»Es gibt niemanden außer mir«, dachte Bielas, wie er so dalag. »Es gibt niemanden, nur mich«, dachte Bielas. »Es gibt niemanden ...«

Kanada fehlte, nicht aber der Alkohol. Cegielski saugte immer noch Energie aus der Flasche, um die alte Cebulowa bespringen zu können. Nur dass sie das jetzt bei ihr zu Hause besorgen mussten. Die Töchter hatten nichts dagegen. Die Cegielska wusste davon, aber sie sagte nichts. Seit das Gebäude abgebrannt war, in dem sie gewohnt hatten, war sie zu einer Tante gezogen. Nun wohnte sie mit den Kindern in der Partyzantów, zwei Straßen weiter. Aus dem Fenster schaute sie auf das Untersuchungsgefängnis und den Wachturm, der hinter der dicken Mauer aufragte. Es tat ihr um nichts Leid, sie vermisste nur die Streitigkeiten mit der Brylska und der Chajkowska. Die hatten wenigstens Gefühle in ihr geweckt. Jetzt gab es nichts mehr, was sie interessierte, außer den Fernsehserien, die ihr in den Pausen, wenn die Kinder sie in Ruhe ließen und sich irgendwo im Viertel herumtrieben, die Welt vorführten. Oft legte sie das rote Kissen aufs Fensterbrett, stützte sich mit den Ellbogen darauf und schaute hinaus. Für gewöhnlich beobachtete sie den monotonen Gang des Wächters, der über ihrem Kopf hin und her ging, ums Wächterhaus herum, eine Zigarette rauchte, nach unten schaute, hinauf, zu den schreienden Möwen, manchmal lehnte er sich auf das Geländer und pfiff vor sich hin, so weit sie das ausmachen konnte, um schließlich die Zigarette mit dem Schuh auszutreten und in seinem Wachturm zu verschwinden. Dann überkam sie ein Gefühl der Trauer, und sie kehrte zum Fernseher zurück, um sich wieder an argentinischen Seifenopern zu erfreuen.

Cegielski verdiente mit der Arbeit im Heizraum der Volksschule Nummer sieben nicht genug, um seine Familie zu ernähren, die Sozialbeihilfe war auch nicht üppig, und er brauchte ständig Geld für den Alkohol. Den finanzierte zu einem guten Teil die Cebulowa, doch sein männlicher Stolz erlaubte nicht, dass er mit leeren Händen zur Geliebten ging. Zur Ehefrau ja, aber zur Geliebten? So machte er in illegalen Spelunken Schulden. Bis die Schulden eine Höhe erreicht hatten, dass nicht mehr daran zu denken war, sie zurückzuzahlen. Er war in Sorge, dass er am Ende ein paar in die Fresse bekommen würde. Nach einigem Überlegen beschloss er, die Tante zu bestehlen. Er überredete den Besitzer einer Spelunke, seine Frau anzurufen und ihr zu drohen, falls sie nicht schleunigst die Wohnung verlasse und beim unteren Fenster im Stiegenhaus ein Kuvert mit hundert Dollar hinterlege, werde irgendjemand dem zehnjährigen Marcin ernsthaften Schaden zufügen. Die Cegielska erbleichte, exakt diese Summe hatte die Tante für Notzeiten aufgespart. Die beiden Frauen wussten, dass die Stimme nicht spaßte. Sie beschlossen daher unverzüglich, das zu tun, was sie verlangte, vor allem weil Marcinek seit dem Morgen nicht nach Hause gekommen war und sie sich längst Sorgen um ihn machten.

Die Cegielska lief mit dem Geld hinunter und hinterlegte das Kuvert beim Fenster. Als sie nach oben ging, schnappte ein Schatten das Kuvert und verschwand damit. Wenig später kam Marcinek nach Hause. Verdreckt wie immer. Er verstand nicht, warum die Mutter und die Tante ihn an sich drückten. Die Tante schluchzte, und die Mutter schluchzte beinahe. Sonst benahmen sie sich nie so.

Cegielski konnte neue Schulden machen, und die Cegielska hätte nie von seiner Untat erfahren, wenn ihn nicht die Cebulowa eines Abends nicht zu sich gelassen hätte. Angeblich war sie krank oder so was. Cegielski musste nach Hause gehen, obwohl er dazu nicht die geringste Lust verspürte, und weil er völlig betrunken war, brauchte er für den Weg, den man sonst in fünf Minuten zurücklegte, eine Stunde. Endlich stand er vor der Tür.

Als er seine Frau in der Tür sah, ihr verhärmtes, hässliches Gesicht, die verschwollenen Augen, den bleichen Mund, brach er in Lachen aus. Doch er beherrschte sich und sagte, er sei hungrig. Sie antwortete, sie habe nichts für ihn, er solle zu seiner Cebulowa gehen. Er darauf, wenn es nicht so kalt wäre, würde er lieber im Freien schlafen als unter einem Dach mit ihr. Er hasste sie. Er wusste gar nicht mehr, seit wann ihn ihr Schweiß und ihre Stimme so abstießen. Seit wann sie in der Gesellschaft des anderen so eine Schlappheit verspürten, die sie einander unerträglich machte. Im warmen Zimmer erwachte der Wodka wieder in seinem Blut, und in seinem Hass erzählte er ihr alles. Von seinen Schulden und den hundert Dollar.

»Du Hurenbock! Das eigene Kind ... die eigene Familie ...«, ihr fehlten die Worte. »Schau mir in die Augen«, zischte sie.

Cegielski wurde auf einen Schlag nüchtern, er hatte plötzlich fast Angst vor seiner Frau.

»Früher hieß es, ich habe die Gabe meiner Großmutter. Du Laus, ich verfluche dich, verrecken sollst du!«

Cegielski fühlte sich mit einem Mal schwach. Seine Augen waren blutunterlaufen, in seinem Kopf wogte ein ganzes Meer. Er schwankte und musste sich gegen die Wand stützen, und eben das machte ihn wütend. Er sah seine Kryśka vor sich und stürzte sich auf sie. Sie zerkratzte sein Gesicht, er würgte sie. Sie begann zu röcheln. Er ließ nicht los, ihr Gesicht wurde grau. Die Adern auf der Stirn schwollen an. Als ein schwerer Gegenstand ihm den Kopf zerschlug, löste er seinen Griff. Über ihm stand die Tante. In der rechten Hand hielt sie eine große eiserne Pfanne.

Er erwachte in einem Bett. Um den Kopf blutige Bandagen. Der Kopf schmerzte schrecklich. Als hätte man ihm einen Schraubenzieher in den Schädel gedreht. Er kotzte in eine unterm Bett stehende Schüssel. Die ganze Welt schwankte und pulsierte. Endlich schlief er ein.

Nach ein paar Tagen wurde er wieder gesund. Vom Streit blieb ihm eine Narbe, die über seinen Hinterkopf lief. Als Cegielski allerdings die Treppe hinunterging, stolperte er und schlug sich unterm Knie auf. Nach einiger Zeit begann sein Bein anzuschwellen und wurde blau. Die Cebulowa murmelte etwas, er solle einen Arzt aufsuchen.

»Ich war noch nie beim Arzt und werde nie gehen«, antwortete er.

Das Bein wurde schwarz und begann zu riechen. Die Cebulowa wollte ihn nicht mehr sehen. Er kehrte zur Cegielska zurück. Um zu beweisen, dass er gehen konnte, weil er nicht ins Spital wollte, ging er jeden Morgen zum Nachbarn und trank dort selbstgebrannten Schnaps. In seinem Knöchel splitterten die Knochen, und die Wunde begann zu eitern. Er biss die Zähne zusammen und sagte sich: »Ich glaube es nicht, ich glaube es nicht, dass das wegen ihr ist. Das glaube ich einfach nicht.« Auch das andere Bein begann anzuschwellen. Wenn er jetzt ein Stockwerk tiefer gehen wollte, musste sich Cegielski mit seinem ganzen Gewicht aufs Geländer stützen. Die Beine waren nutzlose Klötze. Sie brachen an ein paar Stellen auf. Aus dem Schorf floss grünlicher Eiter. Cegielski hatte schreckliche Schmerzen, sogar wenn er sich bis zur Bewusstlosigkeit betrank. Einmal wurde er ohnmächtig und fiel die Treppe hinunter. Da rief die Cegielska die Rettung an.

Wieder schaute sie aus dem Fenster. Wieder gab es nichts, das sie rührte. Die Gefangenen stürmten aufs Dach des Arrestgebäudes und warfen Rauchkerzen nach unten und in

Richtung der Wachtürme. Durch die Straße wehte Tränengas. Jemand verlor das Bewusstsein. Die Rettung kam. Der Wächter beobachtete alles ruhig. Sein Gesicht war nicht zu sehen, weil es von der Pferdeschnauze einer Gasmaske verdeckt war. Die Gefangenen riefen nach einer Verbesserung der Bedingungen, doch dann kam ein Windstoß und hüllte sie in eine Wolke beißenden Rauches. Die Augen der Cegielska begannen zu brennen. Rasch schloss sie das Fenster und ging zum Fernseher. Sie fand das lokale Programm und eine Liveberichterstattung der Vorgänge, die sich vor ihrem Fenster abspielten. Das versetzte sie in einen Zustand leichter Euphorie. Sie nahm bequem in einem Fauteuil Platz, knabberte Salzstangen und heftete ihren Blick auf den Turm des Wächters.

DAS SPIEL

»Spielen wir Zuhause«, entschied die kleine Cegielska. »Du bist die Mama«, sie zeigte auf die jüngere Schwester, »und ich der Vater.«

Die kleine Cegielska begann zu torkeln und schrie schon von weitem. »Wo bleibt das Essen, Hurerei?«

»Gleich ist es fertig.«

»Was heißt gleich?! Ich komme von der Arbeit und will essen!«

»Hast dich schon wieder angesoffen. Sicher bei der Alten.«

»Was geht das dich an? Marsch an die Töpfe!«

Łukaszek beobachtete eine Weile die eheliche Szene, doch sie langweilte ihn. Er sah Marcin, der ihm zuwinkte. Er lief zu ihm.

»Lass diese Weiberspiele«, sagte Marcin verächtlich. »Lass uns im Garten graben.« Er zwinkerte Łukaszek verschwörerisch zu. Marcin war älter als Łukaszek und hatte immer Recht.

Łukaszek grub für sein Leben gern. Er besaß sogar eine kleine Plastikschaufel. Marcin hatte keine Schaufel, doch ihm genügte ein Stück Brett, mit dem er so geschickt zu graben verstand, dass er mehr schaffte als Łukaszek. Sie liefen die Straße hinunter. Die Fenster blitzten in der Sonne, und der Gehsteig roch feucht. Sie liefen an der Kirche der Pfingstler vorbei und kamen zu einem niedrigen Holzzaun. Den zu überwinden war kein Problem. Sie kamen in einen verlassenen Garten. Hier spielten sie besonders gern. Nicht weil es schön war, denn das war es nicht, sondern weil niemand außer ihnen und ein paar anderen Kindern aus der Długa hierher kam.

Der Garten war, umgeben von Zinshäusern, wie ein Stück Dorf in der Stadt. Ein etwas heruntergekommenes Dorf, aber immer noch besser als Beton, vor allem weil die Büsche der verwilderten Stachelbeeren und schwarzen Ribisel Früchte trugen. Dass die Früchte sauer waren, machte ihnen nichts aus. Marcin und Łukaszek schüttelten sich, doch sie aßen sie. Unter ihren Turnschuhen wuchsen Büschel von altem Gras, aus dem Boden ragten hier und da zerbrochene Ziegel. In einiger Entfernung standen, runzlig und ein wenig traurig, verwilderte Apfelbäume Doch heute schien die Sonne, und man merkte nicht, dass sie keine Früchte trugen.

Marcin lief als Erster zu den dichten, stacheligen Sträuchern. Beide waren überzeugt, dass sie genau hier einen Schatz finden würden. Sie begannen zu graben. Die feuchte Erde bauschte sich unter dem Druck der Werkzeuge. Sie förderten fette Regenwürmer und feuchte Steine zutage. Die

Jungen schnitten die Regenwürmer entzwei, um zu schauen, was in ihrem Inneren war. Dort war nichts. Wieder gruben sie die Erde um. Endlich fanden sie etwas. Einen gekreuzigten Christus, dem ein Arm fehlte, so einen, wie man ihn an Grabkreuzen befestigt. Der billigste Standard-Christus, wie es ihn tausendfach in Begräbnisanstalten gab, doch für sie war er etwas Besonderes. Der fehlende Arm unterstrich seine Sonderstellung. Dann fanden sie eine Geldbörse, fast schon zerfallen. Es war nicht leicht zu sagen, ob es sich tatsächlich um eine Geldbörse handelte, aber Marcin meinte, es sei eine, allerdings sei sie zu nichts mehr zu gebrauchen.

Schließlich gruben sie eine menschliche Hand aus. Nur mehr die Knochen. Niemand wusste von dieser Hand. Sie stammte aus den Jahren, in denen die einen den anderen gesagt hatten, sie sollten nur ja den Mund halten, sonst endeten sie noch wie der Besitzer der Hand. Das war noch gar nicht so lange her. Łukaszek wusste nicht, was sie mit der Hand anfangen sollten. Wenn es wenigstens ein Schädel gewesen wäre, aber boshafterweise war es bloß eine Hand. Zum Glück kam Helenka in den Garten. Vor ihr ging, an der Leine, Sobaka. Der liebte Knochen, obwohl er noch ein junger Hund war.

BLUT

Dickflüssig wie Öl oder dünn wie Wasser. Es rann aus Öffnungen, die entstanden, wenn man einen Körper verletzte. Je mehr herausfloss, desto ruhiger und schwächer wurde der Körper. Es war eindeutig, dass das Leben aus ihm floss, aber vielleicht wurde aus diesem Grund der Schmerz geringer. Manche sehen gern Blut, lieben seinen Geschmack. Man weiß nicht, ob sie deshalb dem Tod näher sind oder dem Leben. Blut ist das Leben, Fehlen von Blut – das ist der Tod. Es gibt Menschen, denen beim Anblick von Blut schwindlig wird, die zu schwitzen beginnen und ohnmächtig werden. Als hätte man ihnen ein Geheimnis enthüllt, das sie nicht kennen wollen.

Die Mutter betrachtete gleichgültig das Blut, das aus ihrer Nase tropfte. Sie spürte schon nichts mehr, und alles, was sie umgab, wurde fremd. Es wurde von dem verdrängt, dem sie begegnen sollte. Das aus der Nase tropfende Blut, das die Mutter nicht mehr aufregte, war eine Vorankündigung dieser Begegnung.

Der Briefträger Bukowski hingegen betrachtete das Blut mit Erschrecken. Er spürte seine Buchstäblichkeit. Am meisten erschreckte ihn, dass er sein eigenes Blut sah. Er wusste, dass mit dem Verlust des Blutes auch er selber verloren ging. Das Blut war sehr dunkel. Es erschien ihm wie Teer. Doch es war kein Teer.

Für Łukaszek war das Blut der zertretenen Frösche oder zerteilten Regenwürmer überhaupt kein Blut. Wenn er keinen Schmerz fühlte, beachtete er das Blut gar nicht. Erst als sich ihm ein Stück Glas in die Innenfläche der Hand bohrte, sah er, dass das Blut war. Es passte zum Schmerz, den er empfand. Er hatte Angst davor, das Glas herauszuziehen, und lief zur Mutter, damit sie das machte. Er war überzeugt, dass es dann nicht so weh tun würde.

Mucha wollte immer so rasch wie möglich Blut sehen. Dann wusste er, dass er überlegen war und der andere schwächer wurde. Der Anblick von jemandes Blut freute ihn, weil er wusste, dass er von einem, der blutete, weniger zu erwarten hatte. Wenn allerdings er selber blutete, spürte er, dass er handeln musste, dass er dem Verlust der Kräfte vorbeugen musste. Er rettete sich, und dann fühlte er sich ganz sicher.

Das Blut sickerte, tropfte in die Kruste, und es gab genug davon. Man brauchte jemanden nur zu verwunden, und schon floss es. Vermischt mit Wasser war es wie Wein. Wenn man es in ein gekacheltes Becken goss, bildete es eine dicke, pelzige Masse, die man gut durchmischen musste, um daraus Blutwurst bereiten zu können.

DER BRIEFTRÄGER

»Na, Alter, gibt schon her die Tasche!« Siwy hielt die Klinge vor Czesław Bukowskis Auge.

»Aber darin sind die Renten für die Leute!« versuchte sich Bukowski zur Wehr zu setzen.

»Genau deshalb wollen wir ja deine Tasche, du Trottel«, zischte Siwy. »Was sollen wir mit den Briefen?«

Bukowski versuchte die Situation richtig einzuschätzen. Sie waren zu dritt, außerdem hatten sie ihn in einem engen Stiegenhaus abgefangen, und sie hatten Messer. Das war schlecht. Versetzte er aber diesem Blondschopf eine mit der Tasche, gelänge es ihm vielleicht, auf die Straße hinauszulaufen. Es war mitten am Tag, wenn er zu schreien begann, dass sie den Briefträger überfielen, würden diese Rotznasen es vielleicht nicht wagen, auf ihn einzustechen.

»Na Alter, gib sie freiwillig her«, drängte ihn Siwy, und in diesem Moment schlug Bukowski zu. Er hatte ein zu starkes Pflichtgefühl, um nicht zuzuschlagen.

»Hurerei!« schrie Siwy, als er die schwere Tasche ins Gesicht bekam. Der Schlag brach ihm beinahe das Genick. Doch Siwy hatte kampferprobte Kumpel. Ehe Bukowski die nächste Bewegung machen und auf die Długa hinauslaufen konnte, spürte er einen höllischen Schmerz, irgendwo tief drinnen im Bauch. Dann noch einmal und noch einmal. Sie entrissen ihm die Tasche, und sie hörte auf, ihn zu Boden zu drücken. Wenn es nicht geschmerzt hätte, wäre er gesprungen vor Freude, weil er sich so leicht fühlte. Doch es schmerzte sehr stark. Immer stärker. Er schaute auf seine Hände, mit denen er sich den Bauch hielt. Sie waren schmutzig vom Blut. Globus wird seine Rente nicht bekommen, obwohl er zuletzt wirklich in Ordnung war. Anfangs hat man in der Długa über ihn gelacht, dass er Gott gefunden hat, weil er keine Frau finden konnte, aber er, Bukowski, hat immer gesagt, Globus ist schon in Ordnung. Und Gabrysia von den Chmaróws wartet sicher auf einen Brief von ihrem Freund. So ein schönes Mädchen. Und das Geld für Pokora. Mit dem plaudert es sich immer angenehm. Aber warum trinkt die Kaczewska diesen billigen Apfelwein? Und das Geld für die Sozialhilfe, und ... So viel Geld! Man muss schreien.

Er wurde an der Wand gefunden. Zusammengekrümmt. Mit dem Kopf in der Pisse. In diesem Stiegenhaus pisst immer jemand an die Wand. Vor seinem Tod musste Bukowski mit den Beinen gezappelt haben, denn die Hosenbeine waren auf der Seite, auf der er lag, voller Blut und Dreck. Es sah so aus, als wollte er irgendwohin gehen. Vielleicht nach Hause? Vielleicht zu seiner Frau und der ein paar Jahre alten Tochter? Aber dort kam er nicht hin. Wäre im Moment des Todes jemand bei Bukowski gewesen, hätte er gesehen, dass er schluchzte. Er hätte nur nicht gewusst, ob er vor Schmerzen schluchzte oder weil es ihm Leid tat, dass er das Geld nicht ausgetragen hatte. Wenn er sagte, er werde es rechtzeitig austragen, dann brachte er es auch. Und er warnte einen immer vor unangenehmen eingeschriebenen Briefen, sei es vom Gerichtsvollzieher, von den Kontrolloren der Verkehrsbetriebe oder vom Militär.

Als erster entdeckte Cupiał die Leiche. Er kam gleichgültig die Treppe herunter und konnte nur an Wodka denken, den er sich im Laden an der Ecke kaufen und saufen würde, um sich zuzudröhnen und zu vergessen, dass er sich langweilte. Daher empfand er sogar so etwas wie Freude, als er den zusammengekrümmt daliegenden Bukowski sah. Das heißt, er tat ihm Leid, aber es war wieder etwas los. Und für einige Zeit würde ihn die Flasche Wodka aufhören zu quälen, würde sie einer neuen Leiche in seinem Kopf Platz machen. Der Bruder, dem die Blasen aus dem Ohr drangen, interessierte keinen mehr, aber der Briefträger war ein frisches Thema. Er wird allen in der Długa davon erzählen, und sie werden ihm zuhören. Und sie werden ihn fragen und wieder zuhören, bis zum Überdruss.

FEIERTAG

Der Geruch von feuchtem Asphalt und verbranntem Wachs in der Luft kündigte den Feiertag an. Auf dem Friedhof zersetzte sich die frische Erde zu Kot. Die Menschen zogen darin ihre Spuren. Rasch wurden diese von den Schuhen der nächsten zertreten. Vor allem von den Schuhen der jungen Burschen, die hin und her rannten, schon ziemlich angetrunken, einander mit den schallenden Stimmen Halbwüchsiger riefen, um dann wieder wie Teenager kreischend zu lachen. Die sich bietende Gelegenheit, Tabus zu brechen, schmeichelte ihrer Jugend, beschleunigte die Bewegung des Blutes, und das war angenehm, obwohl sie nicht wussten, warum. Alle anderen bemühten sich eher zu schweigen, als wollten sie, dass heute die Toten sprächen. Manche setzten sich auf die feuchte Wiese und warteten auf irgendein Zeichen. Man sagte, je mehr Regen es gebe, desto mehr Besuche der Toten stünden bevor.

Zu Gustaw Chmara kam die Großmutter. Sie trug ein Nachthemd mit für den Schoß und die Brüste ausgeschnittenen Öffnungen. Der Großvater musste einige Mühe gehabt haben, in die Großmutter zu treffen und nicht in den Stoff.

Den alten Zigeuner suchte seine zweite Frau heim, bevor sie noch dick geworden war. Sie war so schön, dass er zu weinen begann. Sie lächelte ihm zu, doch er konnte sich kaum an sie erinnern, ihr Lächeln zerfiel zusammen mit seinem Hirn. Er schlief ein vom Weinen, und er träumte etwas, woran er sich nach dem Erwachen nicht erinnern würde, obwohl er sich so sehr darum bemühte.

Die alte Cebulowa wurde von ihrem Mann heimgesucht, und er schien ihr sagen zu wollen, sie solle nicht herumhuren mit Säufern, wie Cegielski einer war. Aber sie hatte schon immer ein scharfes Mundwerk gehabt und schnappte zurück, er sei selber ein Säufer, und er habe sie zur Hure gemacht, und es sei seine Schuld, dass die Töchter ihrem Beispiel folgend herumhurten, weil sie selber nichts anderes konnte. Und das alles seinetwegen, Hurerei verdammte! Der Schlag solle ihn treffen, dass sie jetzt wegen ihm plärren musste. Das Leben ist beschissen, er soll also nicht so oberschlau tun, wenn bei ihm schon alles im Arsch ist, und er soll nicht herumbrüllen, weil sie ohnehin tun und lassen wird, was ihr gefällt. So ein Schwanz, wie er einer ist, wird sie jedenfalls nicht mehr prügeln ...

Sie hatte beinahe vergessen, dass sie schrie, während sie vor dem Fernseher saß, in dem gerade ein japanischer Zeichentrickfilm lief, sie war allein im Zimmer, und die Zigarette war ihr aus der Hand gefallen und brannte ein Loch in den Teppich.

Żaba befand sich in einem Übergangsstadium. Er war zwischen dem, den die Verstorbenen heimsuchen konnten, und dem, der selber die Lebenden heimsucht. Er verspürte eine gewisse Unentschlossenheit und Einsamkeit. Doch das bescherte ihm Erleichterung. Nach so vielen Jahren, in denen er Entscheidungen gefällt hatte, wurde er von der Verantwortung befreit.

Die Schwester ging nicht auf den Friedhof, wie sollte sie auch? Aus dem Arrest lassen sie einen nicht gehen, auch wenn das Ende der Welt gefeiert würde. Dafür bekam sie Besuch von ihrem Bruder. In den Zähnen hielt er ein Stück Fleisch. Sie hatte Angst, doch er konnte sie nicht berühren, obwohl er das wollte. Sie konnte nirgendwohin fliehen und hatte Sehnsucht nach ihrer Tochter.

Mąka wurde von keinem besucht. Nicht einmal von der Mutter.

Pattex hatte sich eine neue Portion Kleber beschafft und saß in einer Ecke, mit dem Sack vor dem Gesicht, wobei er immer neue Ziele seiner Bewunderung fand. Er erlebte jeden Tag Allerseelen, daher beachtete er seinen kleinen Bruder gar nicht, der mit allen Kräften durch die Schicht des Klebers, die das Bewusstsein des älteren Bruders verpickte, zu ihm durchzudringen versuchte. Der kleine Bruder ertrank in der gummiartigen Masse, seine Hände versanken in Unannehmlichkeiten und Scheußlichkeit. Er schnappte nach Luft. Am Ende erstickte er an den Dämpfen. Pattex würde nie erfahren, dass jemand mit ihm reden wollte.

Antoniuk wartete auf seinen berühmten Dichter, aber er wusste nicht, auf welchen, und schließlich betrank er sich und schlief ein. Und er träumte nicht.

Helenka saß auf dem Bett mit weit aufgerissenen Augen, und ihr Gesicht verzerrte sich von dem, was sie sah. Ihre Tränen flossen, und sie konnte die Lider nicht schließen.

WEISS

Die Mutter lag in Weiß. Sie hatte ein weißes Gesicht, und das sah aus, als hätte man die Haut über eine Holzmarionette gezogen.

Man spürte die Marionettenhaftigkeit des Körpers. Beim Begräbnis waren nur wenige Menschen. Vor allem Alte. Familie war keine da. Der Sohn ermordet, die Tochter im Gefängnis, der zweite Sohn gestorben. Davon wusste sie schon nichts mehr. Sie hatte es auch früher nicht gewusst. Nicht einmal, als sie noch lebte. Der Schmerz und die Gefühle verflüchtigten sich mit dem Zerfall der Materie. Es fehlte der Körper, das Leben verging. Ein paar Personen standen um das Weiß, das den Sarg füllte, und eine von ihnen, vielleicht die Cegielska, dachte an ihre Erstkommunion. In dem weißen Kleid, das ihre Mutter genäht hatte, hatte sie ausgesehen wie eine Prinzessin. Damals hatte sie noch an die Reinheit der Menschen und die Existenz Gottes geglaubt. Später begegnete sie Cegielski, und sie machte es mit ihm zum ersten Mal. Es tat weh, und als sie fertig waren, spürte sie im Inneren eine Leere. Sie starrte an die Decke, und ihr fehlte der Anblick des Himmels. Sie hatte den Eindruck, sie habe etwas unwiderbringlich verloren, etwas, was ihr gehörte. Zwischen ihren Beinen blutete sie. Sie machte das Bettzeug schmutzig. Sie wollte weinen, und als sie zu weinen begann, versuchte Cegielski sie zu beruhigen. Doch sie konnte sich nicht beruhigen. Ihr Weinen begann ihm auf die Nerven zu gehen. Da sagte er, es sei keine große Angelegenheit, die Tugend zu verlieren, jede verliere irgendwann einmal die Tugend, sogar die alten Jungfern verlieren die Tugend, wenn nicht durch einen Schwanz, dann genügt es, dass sie einen Porno anschauen. Das hätte ihr eine Warnung sein sollen, doch damals hatte ihr das gefallen. Im Übrigen liebte sie es, sich ihm auf alle Arten hinzugeben, die er ihr beibrachte. Bis sie Ekel verspürte. Sich selber gegenüber. Sie bemerkte nicht, wie rasch ihre Jugend verging. Woher kamen die vielen Kinder? Wann war das geschehen? Alles erschien ihr wie ein Traum. Und sie wusste, dass er eine andere fickte, und dass keiner sie mehr haben wollte, höchstens irgendein Säufer. Sie zählte nicht mehr. Wie die in dem Sarg.

DAZWISCHEN

Man weiß nicht recht, ob die Długa dort, wo sie endet, nicht eigentlich beginnt und dort, wo sie beginnt, nicht vielleicht endet. Das Problem mit der Beschreibung dessen, was der Anfang der Długa und was ihr Ende war, unterstrich die Bedeutung dessen, was sich dazwischen befand. Ein lebendes Wesen stirbt, und um von einem Zustand in den anderen überzugehen, muss es sich in der Wirklichkeit zwischen diesen beiden Zuständen befinden. Es ist schwer, das Dazwischen zu begreifen und sich daran zu erinnern, obwohl es auf den ersten Blick so leicht festzumachen ist. Das ist wie mit dem Ei, aus dem Leben entstehen kann, aber auch eine Eierspeis.

Ohne Dazwischen gäbe es keine Długa. Es gäbe keine Wesen, die sich zwischen Geburt und Tod aufhalten. Es gäbe keine Krankheiten, keine Ohnmachten, keine Besäufnisse und keine Träume, die das Dazwischen beschreiben. Es gäbe keinen Anfang und kein Ende, die ohne Dazwischen keine Beziehungspunkte hätten, so dass sie nicht existierten. So aber ist etwas. Und basta.

MARTIN POLLACK
KAISER VON AMERIKA
Die große Flucht aus Galizien
288 Seiten. Paul Zsolnay Verlag 2010

»Für mich begann der Zusammenbruch des Kommunismus in Osteuropa am 18. August 1980. Ja, genau an diesem Tag.« Martin Pollack, einem damals nahezu unbekannten Reporter, der über die Streiks der Solidarność in der Danziger Leninwerft berichten wollte, wurde die Einreise nach Polen verweigert. Doch die bislang so selbstbewusst-arroganten Beamten am Flughafen von Warschau wirkten ganz anders als gewohnt, verunsichert, ja beinahe ängstlich. Für den vielfach ausgezeichneten Autor, Übersetzer und Reporter Martin Pollack waren es von Anfang an einzelne Erlebnisse und persönliche Begegnungen, die große Zusammenhänge und Entwicklungen besser verständlich machen. In seinen Reportagen versteht er es, ein vielgestaltiges Panorama des Übergangs zu schaffen – und ein Manifest gegen das Diktum vom Ende der Geschichte.

»Pollacks Texte lassen den Leser eher en passant von einem profunden Wissen profitieren, das sich auf Flora und Fauna ebenso erstreckt wie auf historische Zusammenhänge ... ein Reporter, der im deutschsprachigen Raum seinesgleichen sucht.«

Stefanie Peter, *Frankfurter Allgemeine Zeitung*

und keine Träume, die das Dazwischen beschreiben. Es gäbe keinen Anfang und kein Ende, die ohne Dazwischen keine Beziehungspunkte hätten, so dass sie nicht existierten. So aber ist etwas. Und basta.

MARTIN POLLACK

KAISER VON AMERIKA

Die große Flucht aus Galizien

288 Seiten. Paul Zsolnay Verlag 2010

»Für mich begann der Zusammenbruch des Kommunismus in Osteuropa am 18. August 1980. Ja, genau an diesem Tag.« Martin Pollack, einem damals nahezu unbekannten Reporter, der über die Streiks der Solidarność in der Danziger Leninwerft berichten wollte, wurde die Einreise nach Polen verweigert. Doch die bislang so selbstbewusst-arroganten Beamten am Flughafen von Warschau wirkten ganz anders als gewohnt, verunsichert, ja beinahe ängstlich. Für den vielfach ausgezeichneten Autor, Übersetzer und Reporter Martin Pollack waren es von Anfang an einzelne Erlebnisse und persönliche Begegnungen, die große Zusammenhänge und Entwicklungen besser verständlich machen. In seinen Reportagen versteht er es, ein vielgestaltiges Panorama des Übergangs zu schaffen – und ein Manifest gegen das Diktum vom Ende der Geschichte.

»Pollacks Texte lassen den Leser eher en passant von einem profunden Wissen profitieren, das sich auf Flora und Fauna ebenso erstreckt wie auf historische Zusammenhänge ... ein Reporter, der im deutschsprachigen Raum seinesgleichen sucht.«

Stefanie Peter, *Frankfurter Allgemeine Zeitung*

VON MINSK NACH MANHATTAN
POLNISCHE REPORTAGEN
Herausgegeben von Martin Pollack
Aus dem Polnischen von
Joanna Manc, Martin Pollack und Renate Schmidgall
272 Seiten. Paul Zsolnay Verlag 2006

38196 Mal hat Janina Turek in 57 Jahren das Telefon abgehoben, 1922 Mal hat sie sich mit jemandem verabredet: Janina Turek hat alles, buchstäblich alles in ihrem Leben notiert. Limalo besitzt in einem Vorort von Warschau eine Villa und macht Geschäfte; plötzlich bricht er auf, um in Transsilvanien nach seinen Vorfahren zu suchen. Am 9. März 1995 übergießt sich Zbigniew K. in Manhattan mit Benzin und verbrennt. Drei markante Schicksale, drei Beispiele für die literarische Gattung der Reportage, wie sie es bei uns fast nicht mehr gibt, in Polen aber hohe Tradition hat. Martin Pollack hat in diesem Band eine Auswahl der besten polnischen Reportagen aus mehr als einem Jahrzehnt getroffen.

Mit Beiträgen von Mariusz Szczygieł, Tomasz Kwaśniewski, Zdzisław Wolniarowicz, Beata Pawlak, Jacek Hugo-Bader, Paweł Smoleński, Tomasz Patora, Marcin Stelmasiak, Włodzimierz Nowak, Irena Morawska, Piotr Głuchowski und Lidia Ostałowska.

»Elf bewunderungswürdige, ebenso präzise wie poetisch geschriebene Exempel.«
Uwe Wittstock, *Die Welt*

DANIEL ODIJA
DAS SÄGEWERK

Roman

Aus dem Polnischen von Martin Pollack

176 Seiten. Paul Zsolnay Verlag 2006

Daniel Odija, dessen Romane und Dramen in der Provinz spielen, berichtet von Menschen am Rand der Gesellschaft. »Früher hat ihnen immer jemand gesagt, was sie tun sollen. Nun sind ihnen nur die Erinnerungen geblieben, und die waren interessanter als das Jetzt. Denn jetzt lebten sie in Armut«, heißt es einmal im Roman »Das Sägewerk«, der unsentimental und frei von Voyeurismus von einem Dorf erzählt, das bis zur Wende von einer Kolchose beherrscht wurde und nun, nach dem Anschluss an das große Europa, vor die Hunde geht. Als Einziger versteht der Schmalspuroligarch und Sägewerksbesitzer Józef Mysliwski, die sich bietenden Möglichkeiten zu nützen. Er bringt es vorderhand zu Reichtum und Einfluss, doch auch er vermag die miteinander verschränkten Abhängigkeiten von Banken und Politik nicht zu durchschauen. Sein Scheitern symbolisiert das Ende des Traumes vom raschen Aufstieg, den man auf Kosten anderer erreicht.

Daniel Odijas Roman liefert einen ungemein spannenden Kontrast: einen beklemmenden Einblick in das Polen von heute und die Entdeckung einer magischen, für unsere Augen archaischen Welt.

»In wenigen Kapiteln erzählt Odija ein Lehrbeispiel ursprünglicher kapitalistischer Akkumulation und eine Fabel darüber, wie man nach der Wende mit ein wenig Grips und viel Skrupellosigkeit seine Schäfchen ins Trockene bringen konnte.«

Richard Kämmerlings, *Frankfurter Allgemeine Zeitung*